나도 가끔은
위로받고 싶다

이 책을 소중한

_____님에게 선물합니다.

_____ 드림

'난 행복하지 않아'를 되뇌는 여자들을 위한

나도 가끔은
위로받고 싶다

김신미 지음

시너지북

따뜻한
말 한마디

한 집안의 가장이 되어 꿋꿋하게 자식도 키우고, 사업도 해야만 했던 인생의 2막에서 나는 원더우먼이었다. 그때 내가 가장 힘들었던 것은 경제적인 것보다 정신적인 부분이었다. 이렇게 말하면 돈 걱정 없으니 큰 문제가 아니라고 생각할 수도 있겠지만, 나에게 돈보다는 정신이 먼저였다.

"정신이 무너지면 몸이 무너지고, 몸이 무너지면 인생을 똑바로 계획하지 못해 망친다. 즉, 올바르고 밝은 정신은 최상의 삶을 만든다."

이러한 삼단논법으로 삶을 살아가고 있었기 때문이다.

나를 오랫동안 지켜 본 지인들의 평가는 각양각색이다.

'혼자서도 잘한다', '항상 당당하다', '딱히 도울 일이 없어 보인다', '부족한 게 없을 것 같다' 물론, 이 말들과 다른 나도 아니지만, 가끔은 아무도 나에게 위로할 필요를 못 느낀다는 말로 들리기도 한다.

하지만 나에게도 위로가 필요하다. 싱글맘으로 꿋꿋하게 아이를 키우기 위해, 초인적으로 무감각한 사람처럼 살아야 했을 때가 있었다. 밤마다 내가 흔들리고 쓰러질까봐 숨죽여 울던 때도 있었다. 그럴 때마다 나는 펜을 들어 글을 썼다. 나를 다잡고 누군가를 위로하고 싶은 마음으로 쓴 것이 바로 이 책이다.

나는 누군가의 엄마, 누군가의 딸이 아닌 '여자'라는 이름으로 위로받고 싶은 아름다운 이들에게 진정한 위로를 할 수 있는 사람이 되고 싶었다. 그리고 이 책의 제목처럼 나도 위로받고 싶고, 모두에게 응원과 함께 따뜻한 위로가 필요하다는 것을 알려주고 싶었다.

"언제나 당당하게 살지만, 가끔은 위로받고 싶답니다. 따뜻한 말 한마디면 충분해요."

전 세계적으로 여성의 사회 참여도가 높아지고 있다. 그런 현대에서 "여자의 적은 여자다!"라는 말보다 "이심전심, 여자가 성공하는 힘은 여성이다!"로 바꿔야 한다고 생각한다. 엄마들은 딸이 자신처럼 살지 않기를 바란다고 한다. 그런 엄마들의 마음을 위로

하고 싶다. 더 밝고 살만한 세상이 될 수 있도록 내가 먼저 따뜻한 말 한마디로 안아주고 싶다.

잘한 일이 있으면, 잘난 척한다고 빈정거리지 않고 무작정 꽃한 다발 안겨 주며 "넌 충분히 받을 자격 있어!"라고 말해주고, 어떤 상황이든 "넌 할 수 있어!"라고 힘을 주고 싶다. 그리고 "난 언제나 널 믿어! 잘해낼 거야."하며 믿음을 주고 싶다.

"치열한 삶을 살아왔으면 적절한 자기보상도 멋지게 할 줄 아는 사람이 더 행복하다."

존경하는 멘토의 말이 참 의미 깊게 와 닿았던 기억이 난다. 우리는 지금까지 열심히 살아왔다. 그렇기에 위로받아야 마땅하다. 위로받는 일은 어렵지 않다. 단 한 사람, 따뜻한 말 한마디로 충분하다. 옆에 있는 누군가의 눈을 마주치고 진심으로 말하면 된다.

"지금 이 순간, 나도 위로받고 싶어요!"

지금까지 삶이 나에게 요구한 고통과 시련의 시간들을 묵묵히 성실하게 수행하며 살아왔더니 인생이라는 행복한 곳간에 사랑하는 사람들의 웃음과 행복이 차고 넘친다. 나이의 숫자가 곳간의 평수라면 나는 더 많은 웃음과 사랑하는 이들의 행복을 채우기 위해 한 살 더 나이 들어감을 즐겁게 맞이할 것이다. 나이가 든다는 건 꽤 멋진 일이다.

마지막으로 이 책을 쓸 수 있도록 멘토가 되어 하나님의 축복
안에서 꿈을 실현하도록 격려와 조언을 아낌없이 쏟아주신 〈한국
책쓰기 성공학 코칭협회(이하 한책협)〉 김태광 총수님과 위닝북스
권동희 대표님에게 감사함을 전하고 싶다. 끝으로 사랑하는 부모
님과 나의 분신인 딸 소정에게 이 책을 바친다.

2016년 1월

김신미

CONTENTS | 차례

STORY 2　　　　　　지금 나에게 가장 필요한 것은

STORY 3　　　　인생을 절반쯤 왔을 때 깨닫게 되는 것들

CONTENTS | 차례

STORY 4 내 삶의 우선순위를 다시 정하는 법

STORY 5 죽을 때까지 사랑하고 사랑받고 싶다

STORY 1

나도 가끔은
위로받고 싶다

나도 가끔은 위로받고 싶다

01

울고 싶어도
내 인생이다

당신은 단 한 번 살지만,
만약 당신이 한 일이 옳다면, 그 한 번으로 충분하다.

– 조 E. 루이스

TV에서는 며칠 전 갓 결혼한 연예인 커플이 나와서 두 사람의 만남과 감동받은 프러포즈를 떠들어 대고 있다. 남편과 나는 마주하고 있지만, 그저 말없이 1시간째 우두커니 앉아 있었다. 보일러가 몇 시간째 켜져 있었지만 집 안에는 차가운 침묵만이 감돌 뿐이다.

"그래서요?"

마른 듯 힘없는 나의 목소리가 허공을 가른다. 남편은 대답하지 않았다.

"이렇게 우리 계속 살면 뭐가 바뀔 수는 있나? 그래서 당신이 정말 원하는 게 뭐예요?"

"부모는 수족과 같고, 아내는 의복과 같으니…… 어머니를 버릴 순 없어요."

이 말이 무슨 뜻인지 아는 걸까? 순간 망연해진 나는 자리에서 조용히 일어나 TV를 껐다. 그리고 안방으로 들어가 침대 위에 잠들어 있는 세 살 된 딸의 이불을 다시 덮어주고 물끄러미 아이를 바라보았다. 어디 하나 나를 닮은 구석이라고는 없는 딸은 아무것도 모른 채 쌕쌕 잘도 자고 있다. 나는 비장하게 흐트러진 머리를 빗어 단단히 묶었다. 그리고 다시 거실에 비스듬히 누워있는 남편에게로 향했다. 그가 TV를 보는 건지 아닌지 내겐 더 이상 중요하지 않았다.

"알겠어요. 나는 당신에게 갈아입을 옷 같은 존재였군요."

차분히 말을 맺으려 했지만 내 목소리는 섭섭함과 서러움에 덜덜 떨리고 있어서 내 목소리인데도 듣기가 거북했다.

"누가 어머니를 버리래요? 함께 잘 살려고 가까운 곳으로 이사 왔잖아요. 당신 뜻대로 회사 근처로 이사도 왔고요. 이젠 뭐가 또 문제인가요? 나랑 계속 살고 싶은 마음은 있는 거예요?"

울부짖듯 쏘아붙이는 내 말에 그는 대꾸가 없었다. 뭐라고 말이라도 하라고 대답을 유도하는 내가 정말 비참하고, 내 자신이 만신창이로 너덜너덜해지는 것 같았다.

"그래요. 알겠어요. 그럼 내일 법원에 가요. 당신이 그 말을 무슨 뜻으로 알고 하는지 정말 나로서는 기가 막히지만, 또 내가 말한다고 해도 당신은 내 말을 전혀 이해하려고도 안 할 거니까…… 그만할게요."

아무런 미동도 없이 어떤 말조차 덧붙이지 않는 그의 차분함이 오늘은 치가 떨릴 만큼 소름이 끼쳤다.

"당신한테 어머니가 수족이라 의복 같은 나를 버리는 거라면 당신이랑 내가 만든 이 가족은 뭐라는 거예요? 당신 딸은 데려가고 나만 버리나? 허!"

억울한 듯 물고 늘어지는 내가 어떻게 보였는지 알 수 없었다. 그는 어떤 대답도 하지 않고 우리는 더 이상의 어떤 대화도 없이 날이 밝아오는 걸 보았다. 얼마가 지났을까 욕실에서 씻는 소리가 들렸고, 또 몇 분이 지나자 현관문이 열렸다 잠기는 소리가 온 집안에 공허하게 울렸다.

"엄마, 아빠 갔어?"

잠에 취해 눈을 뜨지도 못한 딸이 옹알거리듯 물었다.

대답은 하지 못한 채 나는 아이의 손에 입을 맞추고 가만히 쥐고 있었다. 한 손이 내게 잡히자 딸아이는 몸을 내 쪽으로 틀어서 나머지 한쪽 팔로 내 목을 감싸 안고 토닥거린다. 어린 것이 돌잔치 때부터 누군가 안고 있으면 토닥거리는 손놀림을 해서 어른들에게 유독 예쁨을 받았었다. 날벼락 같은 새벽을 보내놓고 마치 아무 일이 없는 듯 여느 날처럼 남편이 출근했다는 기분이었는데 아이의 토닥거리는 손놀림에 뜨거운 눈물이 터져버렸다. 엄마의 울음을 이해하는지 더 세게 힘을 주어 안아주는 딸이 더욱 사랑스럽고 이 비참한 현실이 싫어서 나는 미친 듯이 소리를 내서 한참을 울었다.

　그로부터 이틀 뒤 우리는 가정법원에서 판사가 묻는 몇 마디 말에 처연히 대답했다. 악다구니로 싸울 것도 없고, 승강이를 벌일 것도 없었다. 남편은 자신의 옷가지만 챙겨서 시어머니 집으로 들어갔고, 나는 남편 때문에 이사한 낯선 천호동 집에서 모든 이삿짐을 혼자 정리해 인천으로 옮겨 왔다. 남편은 정말 아무것도 소유하지 않고 아이의 친권과 양육권을 주었다. 전셋집의 보증금조차도 나에게 새로 정착할 집을 구하라며 양보해 주었다. 정말 무소유를 실천하는 도 닦는 스님처럼 우리의 3년간의 결혼 생활을 정리했다.

　나는 지금도 내가 사랑하는 사람에게 선택받지 못한 것에 대한 트라우마가 크게 남아 있다. 변하는 사랑을 받아들여야 하는 게 얼마나 억울하고 서글펐던지 지금도 사이좋은 부부를 만나면 외모와 재력에 상관없이 참 멋져 보인다. 남자는 자신의 여자를 세상에서 가장 사랑스럽고 빛나는 존재로 만들어 주는 힘을 가졌다. 그 능력을 열 여자 마다치 않는 바람기로 써버리거나, 일하느라 아니면 남자 친구들과 어울리느라 진짜 행복한 가정을 못 챙긴 남자들은 가엾고 어리석은 바보들이다.

나는 평생 지고지순한 사랑을 원해 왔다. '지고지순'은 더할 수 없이 높고 순수함을 일컫는 말이다. 생긴 외모가 청순가련형이 아닌지라 이런 내 속마음을 꺼내 놓을 때면 친구들은 구닥다리 취급하며 놀려대곤 했다. 나에게 사랑이란 따뜻한 우정처럼 끈끈한 결속력을 가진 지고지순한 관계를 의미한다. 나는 그런 뭉근하고 따뜻한 사랑을 남편과 나누며 평생을 의리 있는 동반자가 되고 싶었다.

사람들이 모두 나를 세모라 해도 내가 사랑하는 사람만은 나의 동그란 마음을 볼 줄 아는 진정한 반쪽이라 믿었다. 그런 확신을 갖고 서른의 늦은 나이에 감행한 결혼이었다. 부모님 역시 나의 선택을 믿고 큰 반대 없이 허락해 주셨다.

결혼 준비는 비교적 순탄했다. 나는 평소 꿈꾸었던 것처럼 스테인드글라스로 장식된 성스러운 교회에서 결혼식을 올렸다. 비주얼 최강커플이라는 과찬까지 들으며 무사히 결혼식을 마쳤다. 넘치는 축하와 축복 속에서도 어딘지 행복한 신랑 신부가 아닌 것 같은 느낌은 그저 결혼식의 중압감 때문일 거라고 애써 덮었지만 말이다. 결국, 헤어지는 순간까지 비슷한 느낌으로 외줄을 타듯 혼자 완벽한 가정을 보여주고 싶었던 나 혼자만의 모노드라마를 찍고 있었음을 뒤늦게 깨달았다.

이제 와 내가 뭘 그리 잘못했냐고 억울해서 목 놓아 울고 싶어도 결국 내 인생이다.

시련 없는 인생은 없다. 나만 겪는 슬픔도 아니니 그저 살아온 날들의 조각들이 나를 더 강하게 연단시키고 있다는 것만 기억하려 한다.

02

때론 나도
비겁해지고 싶다

> 변화를 갈망하는 욕구가 험난한
> 가시밭길을 다지고 내 마음을 개척한다.
> — 마야 안젤루

"에잇, 삼촌. 그런 게 어디 있어요? 비겁하게!"

"야, 게임에 비겁한 게 어디 있어? 이런 건 비겁한 게 아니고 전략이라 하는 거다."

"안 돼. 이건 무효야, 무효."

"히히히, 무효는 무슨. 네가 진 거야. 우후! 이건 승자의 것이다. 야호! 땡 잡았다!"

"엄~마! 앙! 삼촌이 비겁하게 속여 먹고, 내 사탕 다 따갔어. 앙!"

"호호호. 내가 언제. 원래 게임에서는 어떡하든 이겨야 하는 거야."

조카를 울려 놓고는 뭐가 그리 신났는지 남동생이 재미있다는 듯이 익살스러운 표정을 지으면서 놀리고 있었다.

순간 영화 〈맘마미아〉의 유명한 노래 중 하나인 'The winner takes it all'이 떠올랐다. 메릴 스트립의 애절한 연기와 멋진 목소리로 기가 막히게 불러주던 그 노래가 아름다운 그리스 섬의 영상과 함께 어우러졌을 때 나는 가슴이 먹먹해졌었다.

'그래! 인생도, 일도 다 이기는 놈이 장땡이더라! 원칙이니 도리니 따져서 했더니 순진한 바보 취급이고, 그나마 실패라도 하면 완전 루저(loser)라고 밟히고 말이야.'

마음속으로야 남동생의 말에 맞장구를 쳤다지만 어린 조카를 이기기 위해서는 무슨 짓이든 하라고 말하는 것은 절대 교육적이지 않다. 나는 쟁반 위에 사과와 과도를 들고 두 사람 곁으로 가 말했다.

"삼촌이 비겁한 짓을 했어? 안 되지 그럼, 이 게임은 무효야. 무효!"

순간 딸의 눈빛이 반짝였다. 든든한 응원군인 엄마의 출현으로 삼촌은 이제 끝났다는 표정이 역력했다.

"삼촌이 이거를 여기다 두면 안 되는데 막 여기다 두면서 규칙이 그래도 되는 거라고 비겁하게 굴었어. 엄마."

나는 뭐가 뭔지 봐도 모르겠는데 딸은 게임 규칙을 다 알려주려는 듯 고사리 같은 손으로 게임 보드 위에 숫자들을 짚어가며 종알종알 설명했다. 나는 남동생에게 적당히 하라는 눈짓을 보내며 사과를 먹기 좋게 잘라 놨다.

"넌, 애한테 비겁하게 그런 짓을 했어. 삼촌이 그래도 돼? 잘못 했으니까 벌칙으로 피자랑 치킨 쏴!"

"아니, 내가 이긴 거라니까. 허~ 참! 이거 모녀 사기단이 따로 없구먼. 다 털렸어."

"와~! 삼촌 진짜 치킨이랑 피자 사는 거다. 그럼 내가 이긴 거지?"

만세를 부르며 딸이 거실을 뛰어다니자 남동생은 모녀가 짜고 한통속이라면서 모녀사기단한테 당했다며 조카를 체포한다고 들어 올렸다.

"너! 비겁한 건 네가 더 비겁한 거지. 삼촌한테 지니까 엄마한테 일러바치고. 안 그래? 빨리 항복하고 '삼촌 잘 못했어요, 사랑해요'하면 삼촌이 피자랑 치킨 쏜다!"

천장까지 들어 올려 장난을 치는 삼촌에게 더 앙탈을 부려 놀고 싶은지 한참을 항복 안 한다고 비명을 지르더니 시끄럽다는 내 핀잔에 둘이 눈치를 보며 조용히 자리를 잡고 앉았다.

"사과나 먹어. 어서! 삼촌이나 조카나 시끄러워서 원! 근데, 치킨, 피자 둘 다 시켜?"

정색하고 소리를 질러놓고는 피자 치킨을 진짜 시켜도 되냐며 미소짓는 나를 보더니 조카를 향해 한마디 소리쳤다.

"소정아! 이게 바로 비겁한 자의 모습이란다. 하하."

"뭐가 비겁해? 우리 엄마는 하나도 안 비겁해! 그치, 엄마."

어쨌건 남동생은 치킨과 피자를 멋지게 쏴 주고 조카에게 승

리감을 안겨주면서 실컷 놀아주었다. 잠시뒤 집으로 돌아가는 삼촌을 바래다 주며, 소정은 진한 뽀뽀까지 날려주었다.

주차장을 지나 집으로 올라오는 엘리베이터에서 딸은 마치 비밀 이야기를 하듯 속삭였다.

"엄마, 아까 삼촌이 비겁하게 이긴 거 아니야."

"그래? 근데 왜 아까는 울면서 아니라고 했어?

"삼촌이 미워서."

"지금은 삼촌이 안 밉고?"

"응. 삼촌이 나랑 많이 놀아주고, 내가 막 우기는 대도 그냥 져주면서 피자랑 치킨도 사줬잖아. 그건 억울한 건데 삼촌이 나를 사랑하니까 다 해 준거야. 그래서 엄마한테만 진실을 말해 주는 거야. 삼촌은 비겁한 사람 아니야."

또랑또랑 눈동자를 굴려가면서 자기 삼촌을 옹호해주는 모습에 기특한 마음도 들었지만 비겁한 것과 사랑하는 것을 명확히 알고 판단한 아이가 놀라웠다.

나는 '워커홀릭'인데다가 모든 규칙은 지켜져야 한다고 생각하는 원칙 우선주의자다. 이왕이면 정해진 규칙 속에서 더 새로운 것을 찾기도 하지만 '로마에 가면 로마법을 따르라'는 말처럼 정해진 원칙을 먼저 파악하고 준수한다. 그래서 나는 해외여행이나 낯선 타지에 가도 돌발 행동을 거의 하지 않는 모범적인 여행자가 된다.

이러한 성격 때문에 일탈을 꿈 꾼 적이 거의 없는데, 뭔가 일이 터지고 나면 그 일의 주동자로 지목될 때가 많았다. 나로서는 가장 이해가 안 되는 상황이지만 내 본성과는 반대로 나의 이미지는 마치 반란을 주동하는 혁명가처럼 보이는가 보다.

어릴 적 아버지의 서재에 교회 아이들이 들어가서 말썽을 피우고 나온 적이 있었다. 나는 오히려 말렸음에도 내 또래의 아이들이었기 때문에 아버지의 서재에 애들을 일부러 데리고 들어갔다는 오해를 받았다. 더구나 망가진 물건에 대해 책임을 지고 벌을 받아야만 했다. 아버지와 회의 중이셨던 재정담당 집사님의 아들이 한 짓이었다. 그런데 아버지는 내 말은 들어보지도 않고 그 아이 앞에서 나를 혼내셨다. 밉살스럽게 나를 괴롭히던 그 남자아이는 내가 자기 대신 벌 받는 모습을 재밌다는 표정으로 힐끗힐끗 보았고, 어른들의 눈을 피해 나를 조롱하며 놀려댔다. 순간 나는 화가 머리끝까지 치밀어 올라 사실대로 말하고 바로 잡아야겠다고 생각했다. 그때 마침 그 남자아이의 아버지인 집사님께서 한마디 하셨다.

"아이쿠, 목사님! 이제 그만 하세요. 신미도 알아들었을 겁니다. 하나님이 다 보고 계셔요. 이제는 이런 장난하면 안 된다. 알았지? 둘이 사이좋게 하드 하나씩 사 먹고 와."

재정담당 집사님답게 돈이 많은 분이었는지 자기 아들과 같이 뭘 사 먹으라며 돈을 내밀었고, 나는 내 머리를 제어하지 못해 그대로 바른말을 내뱉었다.

"이거 안 받아요. 그리고요. 아빠, 제가 한 게 아니라 저 애가 지 친구들 데리고 들어가서 성경책이랑 저 책상 위에 있는 거 떨어뜨린 거예요. 내가 와서 말린 건데 왜 저한테 그러세요. 그리고 하나님이 다 보고 계셨으니까 쟤가 한 짓 다 아실 거예요. 그럼 벌은 쟤가 받아야지 왜 저만 혼내세요?"

순간 집사님은 어쩔 줄 몰라 하는 표정으로 나를 바라보았다. 아버지는 불같이 화난 눈빛을 잠깐 비췄다. 곧이어 집사님과 그 아들 앞에서 정중하게 사과를 한 후 그들을 배웅하셨다. 아버지가 돌아와 나를 다시 부를 때까지 나머지 가족들은 이 초유의 사태를 벌벌 떠는 공포 분위기 속에서 기다리고 있었다. 물론 나도 호랑이 같은 아버지 앞에서 말대답을 했으니 어떤 벌이 떨어질지 겁이 났다. 손이 덜덜 떨리고 심장이 터져버릴 것 같은 두려움으로 무서웠지만 밉살스런 그놈의 비열한 웃음이 떠올라서 도저히 용서를 빌고 싶지 않았다. 그날 나는 아버지께 무궁화나무 회초리가 부러질 때까지 엉덩이를 맞았다. 체벌의 이유는 교인들 앞에서 아버지께 버릇없이 대든 행동 때문이었다.

아버지는 유난히 첫 손주를 아끼고 사랑한다. 가끔 손녀딸을 무릎에 앉혀 놓고 엄마인 내 흉을 본다.

"네 엄마는 어렸을 때 쓸데없이 고집부리다가 이 할아버지한 테 많이 혼났단다."

"왜? 엄마가 틀린 말해서 할아버지가 막 때렸어?"

"틀린 말은 아니라도 어른들 말 안 듣고 고집부리다가 더 혼났지. 다른 이모들이랑 삼촌은 잘못했다고 바로 비는데 네 엄마만 잘못했다고 안 하고 고집부렸지."

잘한 게 아니라면 무조건 잘못했다고 빌어야 되는 아버지의 흑백논리가 싫었던 나는 욱하고 항변하고 싶었지만 참았다. 그러자 소정이가 내게 큰소리로 이렇게 말했다.

"엄마, 이제 가끔은 비겁하게 살아. 고집 피우다 할아버지한테 맞아서 아픈 것 보다 비겁하게 피하는 게 낫잖아. 맞죠, 할아버지!"

"그래, 맞다. 우리 손녀딸이 지 어미보다 더 낫다!"

"알았어요. 나도 이젠 비겁하게 살고 싶어요. 호호"

나도 가끔은 비겁해 지고 싶다. 그리고 이제는 조금 비겁해져 도 괜찮다고 다독이며 나를 위로해 주고 싶다.

03

가끔은
브레이크 타임이 필요하다

마음이 가벼우면 오래 산다.
- 윌리엄 셰익스피어

며칠 전부터 아랫배가 묵직하게 아려오는 기분 나쁜 복통이
계속 느껴졌다. 워낙 복부 쪽이 약한 편이라 별일 없겠지 무시하
고 지냈다. 그러다 보니 조금씩 통증이 오른쪽 다리까지 내려와
저린 느낌이 들었다. 몰려드는 피곤함에 아무것도 하지 않고 겨우
세수를 마친 후 잠자리에 누웠다. 전기장판의 스위치를 켠 후 온
도를 평상시 맞추던 2단보다 더 올려 4단에 맞췄다. 한기가 돌면
서 몸살이 날 것 같다.

"으으으으~"

입에서 저절로 앓는 소리가 났다. 정말 된통 몸살이 나려는지
손발이 시린 게 심상치가 않았다.

"안 되겠다. 수면양말이라도 신고 자야지……."

옆에 아무도 없는 걸 뻔히 알면서도 마치 누군가 내 말을 듣고 서랍장에 있는 수면양말을 한 켤레 꺼내 와서 내 시린 발에 신겨주길 간절히 바라듯 혼자 중얼거렸다. 수면양말을 힘겹게 신고 이불을 코끝까지 끌어당겨 덮었다. 여전히 추웠지만, 너무 지치고 힘들어서 빨리 잠이 들어버리길 바랐다.

얼마가 지난 걸까? 소름 끼치게 찌릿한 통증에 잠이 깼다. 목이 바짝바짝 타들어 가고 입에 침이 쓴맛으로 느껴졌다. 팔다리에 힘이 빠져서 풍선 인형같이 흐느적댔다. 자기 전에 물이라도 한 컵 옆에 갖다 놓지 못한 것에 짜증이 났다.

'하필 아무도 없는데 왜 이리 몸이 안 좋은 거야…….' 라고 생각하니 더 서러웠다. 불빛도 없는 깜깜한 방에서 적막함을 깨고 나가기 위해 몸을 일으켜 세웠다. 입에서는 신음소리가 연신 터져 나오는 게 무슨 팔순 노인 같았다. 다리를 침대 밖으로 내어 일어서려고 힘을 주었다. 순간 나는 감각을 잃고 털썩 주저앉았다. 다리가 말을 안 듣는 것이었다. 쥐가 난 것 같진 않은데 오른쪽 다리에 감각이 없었다. 감각 없는 다리의 둔탁한 느낌과 아랫배의 쿡쿡 찌르는 통증이 한꺼번에 밀려들자 나는 직감적으로 119를 불러야 될 상황이라고 판단했다. 하지만 눈앞이 캄캄했다.

"정신 차려! 정신 똑바로 차려!"

미친 사람처럼 내 자신에게 소리치고 있었다.

"그래 물부터 한 잔 먹자. 입이 타들어 가는 것 같아. 물부터 한 모금 마셔."

덜덜 떨리는 손으로 방바닥을 짚으며 감각 없는 다리를 질질 끌고 거실로 기어 나왔다. 도저히 일어서서 컵을 찾을 수 있는 상태가 아니었다. 어쩔 수 없이 그냥 손으로 정수기를 눌러서 타들어 가는 입술을 적시고 목을 축였다. 찬물이 혀끝을 적셔준 후에야 정신이 맑아졌지만, 머릿속이 백지처럼 하얗게 변해서 생각이란 것이 도무지 떠오르질 않는다.

"…… 그리고 뭘 해야 하지?"

"그래, 119, 119에 전화…… 아니, 119는 불났을 때만 부르나? 그럼 911인가? 112인가?"

미드에서 나오는 911만 떠올리고 있는 나를 보며 그 와중에도 웃음이 났다. 이제 좀 살만한가 보다고 안심하려는 순간 다시 송곳에 찔리는 통증이 배꼽 밑에서부터 감전되듯 느껴졌다.

'아무 데나 전화해!! 너 지금 죽을 것 같아! 정신 차려! 여기 너 혼자밖에 없어!'

머릿속에서 누군가가 나를 쉬지 않고 흔들어대면서 정신을 놓지 못하게 했다.

"저…… 제가 지금 너무 많이 아픈데 아무도 없어요. 저 좀 병원에 데려가 주세요. 제발요. 도와주세요."

119인지 112인지 어디에 전화를 걸었는지는 모르겠으나 20분 뒤, 우리 집 전화번호와 연결된 주소를 확인하고 구급대원 2명이 초인종을 눌렀다. 나는 부축을 받아 구급차에 몸을 실었고, 인근 종합병원의 응급실로 향했다. 몇 가지 검사와 함께 주사를 한 대 맞고 나니 통증이 사라졌다. 그런데 의사들이 검진한 후 수술이 필요하니 보호자를 데려오라고 말했다.

병원에 도착한 지 2~3시간이 지난 후라 바깥은 날이 밝아 오고 있었다. 12시 40분이면 딸 소정이가 캠프를 마치고 잠실역에 도착할 텐데 어떻게 해야 될지 제일 먼저 걱정이 됐다. 삼성동에서 퇴근하실 아버지께 일단 전화로 손녀딸을 픽업해 주시길 부탁했다. 대신 내가 응급실이라는 건 말하지 않았다. 그리고 언니에게 전화해서 병원으로 와달라고 부탁했다.

병원 진료가 시작되자 산부인과 전문의는 X-레이, 초음파 등을 보며 나에게 알아듣기 힘든 전문 용어로 병명을 말해주었다. 그리고 꽤 까다로운 수술을 해야 하니 오후 3시쯤 보호자 진료 동의와 수술 동의서를 작성해야 한다고 했다.

병원 응급실에서 나는 춥고 잠도 제대로 못 자서 피곤했다. 어느 정도 안정이 돼서인지 그냥 집에 돌아가고 싶었지만, 수술을 해야 한다고 하니 어쩔 수 없이 가족들에게 알려야 했다. 갑작스런 소식에 온 집안 식구가 놀랐다. 그리고 나는 서울의 더 큰 병원으로 이송되어 그 날 자정이 넘어서야 수술을 무사히 마치게 되었다.

수술실로 들어가는 나에게 아버지는 괜찮다고 아무 걱정하지 말라며 내 손을 잡아주셨다. 아버지의 손은 덜덜 떨리고 있었다. 갑작스런 수술로 인해 가족들에게 걱정을 끼친 것은 미안했지만 나는 솔직히 덤덤했다. 단 하루도 마음 편히 쉴 여유도 없이 달려 왔다. 이렇게라도 며칠 쉴 수 있겠구나 생각하면서도 한편으로는 되도 못한 상상으로 머릿속이 꽉 찼다. 이혼 후 감정을 숨기느라 10여 년을 달리는 동안 단 한 번도 반란을 일으키지 않았던 내 몸이 이제는 견뎌내다 못해 고장이 나버렸다고 생각했다. 여행이 나 휴식이라는 기름칠 한 번 안쳐주고 계속 강행군하며, 달리기만 했으니 큰 병으로 터져버릴게 당연했다.

'제 발로는 못 멈출 인생이라면 뭐 이렇게라도 잠시 쉬어가라 는 하늘의 뜻이었을까?'

나는 아버지가 근무하시는 삼성 서울의료원으로 이송되었다. 다행히 산부인과 과장선생님의 재진으로 처음 갔던 병원 의사의 수술 진단과는 다르게 치료가 오래 걸리더라도 최대한 수술 부위 의 기능을 살리자는 결론을 내려 주었다.

독실한 신자인 과장님은 아버지를 안심시키고 내게도 기도를 해주셨다. 장시간의 수술을 진행했지만, 과장님의 배려로 수술 부 위를 모두 건강하게 살리면서 무사히 수술을 마칠 수 있었다. 그 렇게 나는 일주일 후 건강하게 퇴원했다.

입원하고 있던 일주일 동안 하늘에서 함박눈이 펑펑 내렸었 다. 바깥에 있는 사람들에게는 궂은 날씨였겠지만, 내게는 너무나 평온한 시간이었다. 병실 창밖으로 햇살에 반짝이는 눈 쌓인 거리와 경치를 여유롭게 바라볼 수 있었다. 병원에 입원해 있는 동안 움직임은 불편했지만, 정신적으로는 너무나 자유로웠다. 세상의 시간을 천천히 무책임하게 흘려보내도 죄의식 없는 그 무심함도 좋았고, 볼품없는 환자복에 싸여서 결코 아름다울 필요 없는 환자니까 격식을 갖출 필요도 없었다. 누구도 신경 쓰지 않아도 되는 그 자유로움이 미치게 좋았다.

예전엔 정말 미처 몰랐다. 내가 이렇게 인생에 브레이크를 걸고 시동을 멈춘 뒤 잠시 쉬고 싶어 할 거란 사실조차도 떠올려 보지 못했다. 그저 일만 하고, 돈 버는 기계처럼 앞으로 달려가기만 했던 것이다.

1950년 노벨문학상을 수상자이자, 20세기 대표 지성인으로 여겨지는 영국의 수학자이자 사회 비평가인 버트런드 러셀은 그의 저서《게으름에 대한 찬양》에서 이렇게 말했다.

"세상 사람들은 일을 너무 많이 한다. 노동이 미덕이라는 믿음 때문에 엄청난 손해가 생겨났다."

방송인 오프라 윈프리는 명상의 열렬한 지지자다. 그녀는 바쁜 일과를 마치면 명상으로 스트레스를 푼다. 하루에 2번 20분간 가만히 앉아서 눈을 감고 머릿속을 비우고 명상한다.

억만장자 워런 버핏은 쉬는 시간에 하와이 민속악기인 우쿨렐레를 연주한다. 그의 실력은 수준급으로 알려졌는데, 얼마 전에는 코카콜라 100주년 기념 축가를 부르며 우쿨렐레를 연주해 화제를 모았다. 유명 영화배우인 메릴 스트립은 뜨개질을 하면서 여가를 보내며, 조지 부시 전 미국 대통령은 유화를 그리면서 스트레스를 푼다고 한다.

마이크로소프트 창업주 빌 게이츠는 인생을 돌아보는 습관이 있다. 실패가 준 교훈에 귀를 기울이기 위해 주말이 되면 지난 한 주를 돌아보는 시간을 가진다. 매일 한 줄의 일기 쓰기 습관으로 마음을 보듬는 것도 그의 방식이다. 또 잠을 충분히 보충함으로써 삶의 질이 망가지지 않도록 노력한다. 그는 하루에 7시간 자는 것을 좋아한다. 이런 충분한 수면 습관은 그가 창의력과 긍정 마인드 등을 유지하는 데 도움을 준다.

병원에 입원해 있던 일주일간 나는 성경과 수십 권의 책을 읽었다. 그 시간이 너무 좋아서 수술 부위가 아픈 것도 잘 참고 견딜 수 있었다.

더 오래 즐겁게 살고 싶다면 인생의 브레이크 타임을 만들어보자. 쓰디쓴 한약을 마신 후 먹는 달콤한 박하사탕처럼 인생살이에서도 가끔 꿀맛 같은 휴식이 있어야 단맛인지 쓴맛인지 구별할 게 아니겠는가.

04

곁에 있어도
여전히 나는 그대가 그립다

인생이란 결코 공평하지 않다.
이 사실에 익숙해져라.

— 빌 게이츠

그날은 신간 잡지가 나오는 날이라서 퇴근길에 서점에 들러 〈마이웨딩〉을 샀다.

부모님께 결혼 허락도 받았고, 인사도 드렸으니 신혼여행 경비는 잡지사에 고객 사연 엽서를 통해 해외로 가고 싶었다. 주변에서는 당첨되는 행운이 그리 쉽겠느냐며 내 계획을 웃음으로 흘려버리거나, 심하게는 정신 차리라는 핀잔까지 주었다.

온갖 웨딩 사진들만 가득해 읽을거리도 없는 결혼 잡지가 그 시절 창간 초창기를 맞고 있었고, 당시 결혼을 앞두고 있던 나는 일부러 그런 잡지사를 목표로 잡지 속에 붙어있는 독자 엽서에 깨알같이 진솔한 내 바람을 써서 보냈다. 그로부터 몇 주 후 잡지

사로부터 하얏트 호텔에서 열리는 〈디너 웨딩쇼〉에 당첨되었다는 전화를 받았다. 최고급 스테이크와 후식으로 정찬이 제공되며 2시간 동안 웨딩업체들이 준비한 드레스 쇼를 관람하고 1억 원에 해당되는 각종 결혼 관련 선물을 받을 수 있다는 내용이었다. 절호의 기회였다. 내 이름으로 발송된 황금빛 커플초대권을 들고, 역시 하나님께서 우리의 결혼을 축복하신다고 굳게 믿고 감사 기도를 드렸다.

예식은 내가 꿈꾸던 대로 디즈니의 영화 〈미녀와 야수〉, 〈슈렉〉 등에 나오는 스테인드글라스 장식의 성스러운 교회에서하기로 했다. 나머지는 홍대 유명 스튜디오에서 풀 메이크업과 드레스, 경복궁 웨딩촬영 등 일정을 꼼꼼히 세워 놨다. 최소한의 비용으로 최대한 멋진 결혼식을 하기 위해 나는 몇 개월 동안 다이어리에 빼곡한 결혼정보들을 기록해 놓았다.

안사돈만이 계시는 시댁 사정을 생각하여 아버지께서는 결혼식 비용을 모두 전담하기로 했고, 결혼식은 인천에서 교회예식으로 하기로 했다. 나는 별문제 없이 순탄하게 흘러가고 있는 결혼 준비에 감사했고, 마지막 남은 큰 경비를 써야 할 신혼여행이 제주도가 아닌 이국적인 추억으로 만들어지길 기도했었다.

웨딩쇼가 있던 날 회사 일로 바쁘다는 신랑 대신 언니와 함께 남산의 하얏트 호텔로 갔다. 맛있는 호텔 정찬을 그냥 날릴 수는 없어서 가고 싶지 않다는 언니를 억지로 끌고 갔다. 동생에게 먼저 결혼을 양보한 언니에게 미안했던 마음도 있고, 이렇게 비싼 호텔 스테이크 정찬 코스를 언니에게 대접할 기회도 흔치 않으니 즐거운 마음으로 함께 식사나 하러 가자고 했다. 50커플인 100명이 초대된 럭셔리 웨딩쇼는 정말 눈이 부셨다. 귀족풍의 멋진 샹들리에 불빛 아래에서 손바닥 절반만한 스테이크는 입에서 살살 녹았다. 후식으로 나온 아이스크림도 너무 맛있었다. 훗날 성공하면 꼭 가족들과 이런 호텔 정찬을 먹으러 다니자며 즐거운 수다를 떨었다. 멋진 쇼를 다 마치자 MC는 결혼에 관련된 경품 추첨을 시작했다. 유명 디자이너의 웨딩드레스, 대형 가전제품, 다이아몬드 반지, 목걸이, 그릇 세트, 사이판 2박 3일 여행권, 괌 3박 4일 여행권 등의 추첨이 시작됐다.

"난 저런 거 다 싫고, 오로지 괌 신혼 여행권만 주면 돼."

"누가 준대? 하하"

"진짠데…… 괌 상품권은 내 거야! 언니, 두고 봐. 72번, 내 번호를 부를 거니까!"

너무나 확신에 찬 내 말에 언니는 기막히다는 듯이 헛웃음을 치며 MC가 부르는 번호를 듣지도 않고 후식만 먹었다.

"히히, 봐! 내 번호 불렀지? 상 받고 올게."

"엉? 너, 뭐?"

언니는 멍하니 있다가 그제야 MC의 말에 귀기울였다.

"72번, 72번 안 계신가요? 괌 3박 4일 여행권의 당첨자가 안 계시는 걸까요?"

"여기 있습니다! 72번, 나갑니다!"

"아! 저기 계셨습니다. 대단한 행운을 얻으신 신부님께 박수 좀 보내 주세요, 여러분!"

여기저기에서 부러움의 탄식과 함께 큰 박수 소리가 나를 반겨 주었다. MC는 결혼식이 언제냐며 몇 가지 질문을 한 후 〈괌 여행권〉이라고 써진 봉투를 건네주었다. 남산에서 인천까지 콩나물시루 같은 전철에 끼어 돌아오는 우리는 이 행운의 선물 때문에 고생스러운지도 몰랐다. 적어도 나는 바닥에서 붕 떠 있는 것처럼 몽롱한 기분으로 집에 돌아왔다. 가족들에게 소식을 알렸을 때 모두들 믿을 수 없다는 표정들이었다.

결혼식을 준비하며 우여곡절 소소한 말다툼과 오해가 생기기도 했지만, 어쨌건 정해진 결혼식 날이 밝아왔다. 피곤하긴 했지만 성스럽고 사랑스러운 결혼예식을 많은 하객들의 축하와 칭찬 속에서 마쳤다. 친구들의 배웅을 받으며 우리는 충분한 여유 시간을 갖고 공항으로 출발했다. 내가 혼자 행복한 상상에 빠져 있어서 미처 자각하지 못했던 불행의 전조증상들이 그 순간부터 스멀스멀 모습을 드러내기 시작했다.

신혼여행 가방을 싣고 우리를 공항까지 데려다주던 신랑 친구는 내비게이션이 없던 그 당시에 운전이 서툴렀던 모양이다. 도로를 잘못 타는 바람에 20분이면 족히 도착할 공항을 1시간 40분이 걸려 공항에 도착했고, 우리를 기다려 주던 괌행 비행기는 마지막 10분을 더 이상 기다려줄 수 없다며 이륙해 버렸다. 여행사직원은 웨딩쇼 당일 나를 봤다면서, 내 손을 잡고 그렁그렁한 눈빛으로 나를 위로하며 함께 안타까워했다. 여행사의 배려로 우리는 다음날 비행기로 괌으로 다시 떠날 수 있었지만, 항공권 취소에 따른 50%의 경비를 지급해야만 했다. 머릿속이 하얘져 아무런 생각을 할 수 없었다. 이게 무슨 일이란 말인가! 공항을 벗어나면서 차 안에서는 누구도 입을 열지 않았다. 남편은 그날 "괜찮아, 자기야! 내일 떠나면 되지."라는 단 한마디만 했을 뿐 더 이상나를 위로하지도 않았고, 우리의 첫날을 축복하기 위해 깨끗한 호텔이나 잠자리를 찾지도 않았다. 우리는 명일동에 남편의 친구네집으로 이동했다. 나는 친구 부부와 술자리를 가지며 한탄하는남편을 허탈하게 바라보기만 했다. 말도 없고, 술도 먹지 않는 나를 위해 펴 둔 그 집의 골방에서 혼자 망연히 앉아 첫날밤을 보냈다.

남편은 오랜 외국 생활로 공항 출입이 잦은 사람이었다. 반대로 나는 외국에 나가본 적이 거의 없다. 당연히 공항 세관 절차나입국 신고 절차를 몰랐다. 공항에서 우리는 가장 행복하고 친밀해야 할 사이여야 함에도 나는 낯선 사람의 빈정거림을 받고 있다는 느낌이 들었다. 그만큼 남편은 배려가 없었다. 결혼식 이후 낯선 그의 행동을 보며 내가 알던 그가 맞는지 다른 사람과 마주하고 있는 것만 같았다. 나 혼자만의 노파심이려니 애써 부정하며 출국서류를 어떻게 쓰면 되냐는 질문에 남편은 아주 건조한 목소리로 "이런 것도 모르고 있었던 거야?"라고 말했다. 순간 다리에 힘이 풀리면서 뭔가 단단히 잘못되어 간다는 불길한 생각을 떨칠 수가 없었다.

연애 시절 그는 다정다감했다. 내가 수업으로 목이 아프거나 감기에 걸렸다고 기침을 할 때면 약을 사 들고 천호동에서 두 시간 동안 전철을 타고 와서 약을 건네주었다. 10분밖에 볼 시간이 없는데도 약을 먹이고 이마를 짚어주며 다시 두 시간을 돌아가는 사람이었다. 나는 우리 둘 다 호들갑스럽지는 않지만, 서로를 성실한 마음으로 애틋하게 아낀다고 믿었다. 언제나 내가 믿었던 지고지순한 사랑을 서로에게 나눠 준다고 믿었다. 그래서 그가 여유롭지 않은 환경이고 거창한 사람이 아니어도 우리 둘은 잘 헤쳐나갈 거라고 확신했다. 그리고 항상 그의 사랑이 내 사랑보다 더 크다고 믿어왔었다.

하지만 신혼여행 기간 내내 그 불길한 느낌은 비켜 나가지 않았다. 우리는 허니문 전문 호텔이라는 5성급의 멋진 호텔에 묵는 동안 허니문 그 자체인 다른 커플들의 모습과는 완전히 달랐다. 남편은 나와 함께 신혼여행을 왔다기보다는 꽘에 여행 온 관광객 같았다.

신혼여행으로 아름다운 섬, '괌'에 왔음을 인증하는 사진 속에는 온통 슬픈 눈빛을 한 모습뿐이었다. 하지만 부모님은 우리 부부가 너무나 즐겁고 행복한 시간을 보냈음을 철석같이 믿고 예쁘게 봐 주셨다. 당시 비행기를 놓쳐 신혼여행을 제대로 가지 못했다는 사실을 까맣게 모르셨고, 지금까지도 모르고 계신다.

지금 와서 생각해봐도 이해할 수 없는 남편의 결혼 감행은 우리 가족에게 사랑스런 존재인 딸, 소정을 안겨주기 위해서였다는 것 이외에는 어떤 이유로도 설명되지 않는다. 남편과의 결혼 생활은 3년 정도 된다. 그중에 절반은 해외출장으로 함께하지 못한 반쪽짜리 가정을 살고 있었고, 그중에 절반은 외국의 바이어, 거래처, 회사 사람들, 그리고 그의 고향친구들에게 남편을 양보해야 했다. 사랑받기 위해 더 깊은 사랑을 가지고 결혼을 했건만 나는 그가 내 옆에 있어도 그를 느낄 수 없었다.

분명히 옆에 있음에도 불구하고 나는 그가 뼛속까지 시리게 그리웠다. 또한 이유를 알 수 없는 배신감으로 하루하루 영혼까지 말라 갔다. 곁에 있어도 그가 여전히 그리웠고, 나는 그의 작은 위로가 필요했다.

05

내가 홈쇼핑의
VIP라니

우리의 의지력을 넘어선 부분의 걱정을 멈추는 것이
행복해지는 유일한 방법이다.

— 에픽테토스

신발을 신고 나가는 도중에 휴대전화가 울렸다.

"택배 기삽니다. 10시에서 11시 사이에 방문예정인데 집에 계
시나요?"

수화기 너머로 거의 매일 만나 이제는 낯설지도 않은 택배 기
사님의 목소리가 들린다.

"어쩌죠? 지금 외출하려고 나가는 중인데요. 혹시 2시쯤 돌아
오는데 그때 오시면 안 되나요?"

"오늘은 그쪽 아파트 물건이 많지 않아서 일찍 끝날 것 같아서
오후엔 안돼요."

"그럼 경비실에 맡겨주세요. 감사합니다."

통화 때문에 벌써 15분이나 약속에 늦게 생겼다. 가뜩이나 바쁜데 그동안 친절하다고 느꼈던 택배 기사의 퉁명스런 대꾸에 기분이 확 상해 버렸다. 도로까지 막힐 걸 생각하니 순간 짜증이 치밀어 올랐다. 요즘 들어 욱하는 상황이 생길 때마다 나이 먹으면서 더 참을성이 없어지는 나를 보고 깜짝깜짝 놀란다.

며칠 전 KBS2 '여유만만' 방송에서 중견 탤런트 이수나 씨가 출연해 과거 자신의 쇼핑중독 일화를 소개해서 화제가 되었다. 방송에서 그녀는 "한때 남편의 외도 사실을 알게 되면서 우울증에 걸렸다."고 회상하며, 그 당시 남편으로 인해 화가 나고 우울했던 마음이 쇼핑으로 물건을 살 때면 확 풀렸다는 이야기를 털어놓아 안타까움을 샀다. 어느 날 날아 온 카드명세서를 봤더니 홈쇼핑에서만 400만 원에서 2,000만 원은 족히 쇼핑에 사용한 것 같다는 말을 덧붙여 놀라움을 자아냈다.

나는 '저런 연예인들처럼 몇 백만 원씩 홈쇼핑 구매를 할 수 있는 사람도 아닌데 뭐 어때!' 하는 마음으로 피식 웃었다. 그러면서도 이번 달 카드 명세서에 홈쇼핑 이용 금액이 얼마나 될까 계산을 해 보았다.

"어머나, 세상에나!" 옆에 아무도 없이 혼자 계산한 게 다행일 정도로 생각보다 큰 액수가 합산되고 있었다. 그런데도 아직도 더 남아 있는 걸 보고 조용히 계산기를 치웠다.

"아니 뭐, 내가 쓸데없는 것을 사는 것도 아니고 이번에는 누구 생일 땜에 어쩔 수 없이 더 많이 쓴 건데……."

궁색한 변명을 중얼거렸지만, 아무리 소액이라도 거의 매일같이 쇼핑 건수가 찍혀 있는 것을 보고 적잖게 놀랐다.

"휴지랑 생리대는 쌀 때 한꺼번에 사면 더 알뜰한 거지. 썩는 것도 아니니까 언젠가는 쓸 수 있는 거고 집안에 여자가 몇인데……. 샴푸도 떨어질 때 사면 엄청 더 비싸!"

누가 이유를 대라고 취조하는 것도 아닌데 명세서를 앞에 두고 나는 마치 홈쇼핑 중독자가 아니라는 필연적 이유를 주절거리고 있었다.

"그래, 뭐 내가 저런 연예인들처럼 몇 천만 원씩 쇼핑할 돈이나 있나? 겨우 기분전환이나 하겠다고 가방 하나 사고 옷 한 벌 사는 거지. 그것도 3종, 5종 구성 나올 때만 사는데 그 정도도 나한테 못 사주냐?"

이쯤 되면 홈쇼핑 이용에 대한 핑계를 넘어서 각박하게 사는 일상에 대한 반항이다. 나중에는 남편이 벌어다 준 돈으로 모피 걸치고 명품 사들여 대는 그런 여자들이 쇼핑중독자지 나는 결코 그런 사람이 아니라고 믿고 싶은 몸부림처럼 말이 살짝 바뀐다.

요즘 방송가에 홈쇼핑 광고가 넘쳐난다. 생활을 편리하게 해주는 다양한 상품들이 나오고 있어 구매욕을 자극한다.

TV를 켜면 방송되고 있는 개별 홈쇼핑 채널만도 7개가 넘는다. 자동차, 부엌 인테리어, 상조, 보험 상품, 주방용품, 가전, 여행 상품, 그릇, 화장품, 속옷, 의류, 홈쇼핑 상품으로 팔지 못할 것은 이제 없어 보인다. 그만큼 다양한 상품들이 입심 좋은 쇼 호스트들과 모델들의 입담을 타고 판매되고 있다.

홈쇼핑 방송이 시작되면 희한하게도 아직 쓸 만한 우리 집 청소기가 갑자기 고장 난 거 같고, 집에 있는 제품은 한물간 디자인에 시원찮게 작동하는 것이 꼭 애물단지 같다. 옆에서 휴대전화로 게임만 하며 누워있는 남편에게 슬쩍 한마디 흘려본다.

"여보, 저 청소기 진짜 괜찮나 봐. 소리도 진짜 작아…… 저봐. 소리 너무 작다. 어머머."

쇼호스트의 바람잡이처럼 제품 설명을 할 때마다 남편 반응을 흘끗흘끗 살펴가며 한마디씩 건넨다.

"우리 집 청소기 잘 되잖아. 거 쓸데없이 돈 쓰지 말고 뉴스나 틀어 봐."

"아냐. 당신이 몰라서 그래. 요즘 청소기는 가볍고 힘도 센데! 집에 있는 건 내가 결혼할 때 사온 거라 엄청 무겁고 소리도 얼마나 시끄러운지 아래층에서 막 올라와. 우리 이번에 저걸로 새로 하나 사자. 응? 여보오오~"

"이 여자가 정말, 고장 나지도 않은 청소기를 왜 또 사? 그 돈 있으면 내 차에 배터리나 좀 새 걸로 갈아주라."

이쯤 되면 부부싸움이 1라운드에서 더 처절한 2라운드로 돌입한다. 도대체 남편은 집안 살림이 깨끗하길 원하면서 10만 원대 청소기는 못 사게 하고 60~70만 원 하는 자동차 배터리를 사달라는 걸까?

연애 시절엔 그 비싼 속옷을 자기가 마구 사 와서 민망스럽게 입혀 대놓고는 결혼하고 나니 화사한 속옷 좀 15종 세트로 사겠다고 하면 무슨 손바닥만 한 속옷이 뭐 그리 비싸냐고 투덜댄다.

"고객님, 매진 임박입니다. 지금 전화기 들고 계신 분들께만 이 가격에 4인 가족 식기 세트까지! 정말 오늘 구매하시는 고객님들은 행운을 가져가시는 거예요. **사 청소기 지금 시중에서 판매되는 백화점 가격이 어마어마한 거 아시죠? 생방송 중에만 이 가격, 이 혜택 잡을 수 있습니다. 상담원 연결 어려우니 스마트 폰 앱으로 들어오세요. 적립금까지 알뜰하게 챙길 수 있는 절호의 기회입니다."

다음 상품으로 바뀔 시간이 임박해지자 급기야는 전화기를 들고 주방으로 내빼면서 소리를 지른다.

"아. 몰라! 그럼 당신이 청소기 맨날 돌려. 난 이제 허리 아프고 힘 달려서 새것 사주기 전까지는 청소기 안 돌릴 거니까. 맘대로 하셔. 도대체 다른 집 남편들은 마누라 힘들까 봐 새 제품 나오면 몰래 사 들고 들어온다는데 내 팔자야! 어쩌다 저런 좀생이한테 시집와서……."

부부의 대화는 청소기 하나로 평생 결혼 생활까지 들먹이며 서로의 능력 없음과 낭비벽을 쏴붙여 대며 부부싸움은 일파만파 커져 버린다.

며칠 전 커피 한잔을 마시며 대화했던 P선배도 아내가 쇼핑 중독 때문에 심리 상담을 받고 있다는 고민을 털어놨었다. 처음에는 아내가 소소한 화장품이나 주방용품을 사들이는 거라 가볍게 생각했다고 한다. 식탁 위도 산뜻하게 바뀌고 아내의 표정도 밝아지는 것 같아 다행이라 여겼다. 하지만 아내가 직장에서 상사와 업무상 책임을 두고 3개월 정직처분을 받은 후부터 매일 아침부터 저녁까지 홈쇼핑 채널을 바꿔가면서 거의 모든 방송 제품을 사들이고 있었다는 것이다. 그저 3개월간 휴식을 취하려니 생각하고 아내를 살펴본 적이 없던 선배는 어느 날 물건을 찾기 위해 베란다에 나갔다가 덧문으로 만들어 놨던 창고에 크고 작은 박스들이 개봉도 안 된 채 여기저기 쌓여 있는 것을 보고 충격을 받았다고 한다. 아내의 심리상태가 심각하다는 것을 뒤늦게 알아챈 선배는 장모님께 의논하여 지금은 정신과 치료 상담을 받는 중이라고 했다.

분명 뭔가 일이 잘 안 풀릴 때면 맛있는 것도 먹고, 새로운 것을 살 때 카타르시스를 느낄 수 있다. 하지만 과유불급이라 하지 않던가. 우리 스스로 그 정도 경중은 가릴 줄 알아야 한다. 소소

한 홈쇼핑의 즐거움이 숨 막히는 현실을 잊게 해주더라도 머릿속
으로는 이미 알고 있다. 제어하지 못하고 있는 상황까지 갔다는
것을. 다른 즐거움을 찾아보는 것도 방법이다. 분명 자기 자신을
행복하게 할 수 있는 보상은 꼭 고가의 물건을 사는 것만 있는 것
은 아닐 것이다.

선배와 헤어져 집에 도착하니 경비실에 맡겨진 택배를 찾아가
라는 메모가 붙어 있다. 열어보니 황금빛 VIP Gift 스티커를 붙인
박스가 카드와 함께 나를 기다리고 있었다.

저희 **홈쇼핑을 이용해 주신 김신미 고객님께 감사의 마
음을 전합니다.

"아이코~ 내가 홈쇼핑 VIP 고객이었다니!"

06

최선을 다했으나
최악과 만나다

인생에서 힘든 시기는 나쁜 날씨가 계속될 때가 아니라
구름 한 점 없는 날들만 계속될 때이다.
– 칼 힐티

불과 몇 년 전만 해도 이른 새벽 눈이 떠지면 물 한 모금 마시
고 현관문을 열고 나가 바닥에 떨어뜨리고 간 신문을 들고 들어
오는 것이 아침의 시작이었다. 그런데 이제는 조간신문 대신 자연
스럽게 TV 리모컨을 켠다. 아침 뉴스가 방송되는 시간이다.

오후에 약속이 있어 부천까지 운전하고 가야 할 생각을 하니
비 소식이나 없길 바라면서 뉴스를 틀었다. 오늘의 날씨도 들을
겸 지난밤 사건 사고가 궁금하기도 했다.

"다음 뉴스입니다. 20세기 천재 여류화가로 불리던 '천경자 화
백'이 미국 뉴욕에서 2달 전에 타계했다는 안타까운 소식입니다.
천경자 화백은 꽃과 뱀, 여인의 화가로 널리 알려진 천재 여류화

가였으나 24년 전 〈미인도〉 위작 논란이 있은 후 절필을 선언하고 미국으로 떠난 뒤 고국에는 소식이 전혀 알려지지 않다가 타계한 지 2달이 지난 지금 천경자 화백의 맏딸인 이혜선 씨의 제보로 부고가 알려지면서 미술계에 큰 충격을 안겨 주었습니다. 그녀의 나이 91세였습니다."

순간 헉하는 답답함이 가슴속에 몰려왔다. 대학시절 친구들과 자판기 커피 한잔 앞에 두고 문화 예술계의 이름난 작가나 화가의 작품에 대한 이야기를 하곤 했다. 우리는 열혈 20대답게 서로의 지적 우월감을 쏟아냈다. 그중에 친구 K가 천경자 화백의 예찬론자였다. 우리는 절친이었지만 그 부분에서는 서로 정반대의 의견을 갖고 있었다.

K는 그 당시 자칭 페미니즘 추앙자라고 입버릇처럼 말했다. 남자 친구들이 있을 때면 꼭 일부러 담배 한 대를 구걸하며 과장스럽게 담배를 손가락에 걸었다. 그럴 때마다 나는 옆에서 홍당무가 되어 어쩔 줄 몰라 했다. 그럼 K는 주변 사람들에게 이렇게 외쳤다.

"얘는 지 아부지가 목사님이라 엄청 범생이예요. 너무 그렇게 쳐다보지 마세요."

아무도 묻지 않는데 대답까지 만들어 내면서 왜 그 담배를 피워야 하는지 나로서는 도무지 이해가 안 됐다. 그녀는 청바지가 잘 어울리는 긴 다리에 밋밋한 얼굴을 반쯤 신비스럽게 가린 긴 생머리를 늘어뜨리고 다녔다. 마치 프랑스의 샹송 가수 '나나 무스쿠리(Nana Mouskouri)'같은 느낌을 풍겼다. 그래서인지 당시 남학생들은 그녀의 뒷말을 하면서도 K가 연락처라도 알려주길 바라는 흑심을 품고 있기도 했다. K는 천경자 화백처럼 담배를 피우는 멋진 여자가 되고 싶다고 종종 말했었다.

당시에는 홍콩 누아르 영화가 대세였다. 남자들은 바바리코트에 성냥개비 하나 물고 폼 잡고 서 있거나, 영화 속 여배우처럼 카페에 앉아 당당하게 담배를 피우는 여대생들이 많았다. 물론 외모는 영화 속 배우들과는 엄청난 차이가 있었으니 바라보고 있자면 눈이 고생이었다.

K와 나는 대학을 졸업하고 조교로 일하며 또 4년을 함께 지냈다. 무려 8년이나 천경자 예찬을 들어야 했던 것이다. 8년 동안 귀에 딱지가 앉을 정도로 들은 덕분에 강렬한 작품세계를 지닌 천재 여류화가에 대한 정보가 꽤 쌓일 때쯤이었다. 〈미인도〉 진위 논란이 터졌다. 천 화백은 여러 방송 매체를 통해 자신의 작품이 아님을 주장했지만, 사람들은 믿지 않았다. 황당했다. 화가 자신이 직접 그린 작품이 아니라는데 왜 사람들은 그 작품이 천 화백의 작품이라 우겨대는지 이해가 가지 않았다. 미술에 관해서는 문외한인 나조차도 울화통이 치밀 만큼 화가 났었던 기억이 난다.

뉴스를 보니 문득 K의 소식이 궁금했다. 그녀와는 4~5년 전부터 연락이 끊겼다. 만약 천 화백의 타계 소식을 들었다면 나보다 더 큰 충격을 받았을 것이다. 아마 당장 수소문해서 조문하겠다고 할지도 모르겠다. 사랑에 열정적인 천 화백을 열렬히 지지하면서도 순탄치 못한 그녀의 인생을 항상 안타까워하며 배신한 남자들과 미술계를 신랄하게 욕해주던 K였다. 언제나 남편은 입안의 혀처럼 대하며 살아야 한다고 친구들 사이에서도 부부상담은 도맡아 해주던 K였다. 그런데 K는 남편의 외도로 몇 년간 별거 생활을 지속하다 아들이 대학에 입학하자 이혼 서류를 정리한 후 소식을 끊었다. 입버릇처럼 자신은 절대 천경자 화백처럼 사랑에 배신당하지 않는 팜므파탈 매력 덩어리가 될 거라고 했던 K의 당당하고 아름다운 모습이 오늘 미치게 다시 보고 싶어졌다.

다음 뉴스가 이어졌다. 남성과의 불화 속에 원치 않는 아이가 생겼다고 낳자마자 아기를 택배 상자에 담아 자신의 고향으로 보낸, 한 여성의 충격적인 사건을 전했다. 세상의 빛 한번 보지 못하고 죽은 가여운 아기를 생각하자 나와 20년 지기인 미숙 언니가 떠올랐다.

신실한 불교 신자인 그녀는 득도한 고승처럼 평정심으로 끌어안고 살아갔다. 나는 언니를 볼 때마다 연못 속의 연꽃이 연상되었다. 기독교 집안에서 태어난 내가 받아들이기에는 불편했던 불교 사찰, 분향 냄새, 회색의 승복, 스님 등에 대한 거부감을 사라지게 해준 것도 그녀에게서 받은 연민과 감동 때문이었다.

오랜 투병 끝에 돌아가신 아버지를 지극 정성으로 병간호하고 평생 인고의 세월을 살았던 어머니의 영향 탓인지 미숙 언니는 '포용력'이 트레이드 마크였다. 결혼 10년이 넘는 동안 형부의 공부와 사업을 뒷바라지하느라 임신을 미뤄왔었다. 형부의 사업이 안정되어 임신을 하고자 했지만 이뤄지지 않았고, 언니는 시험관 시술을 여러 번 시도했다. 착상이 잘 이뤄지지 않을 때마다 실망하는 언니의 모습은 안쓰러웠다. 3년째 포기하지 않고 병원 시술과 아기와의 미래를 위해 대학원에서 유아교육 석사과정까지 병행하던 언니는 석사학위의 마지막 과정을 위해 유치원으로 1개월간 교생실습을 나갔다. 이 기간에 언니는 감기증세로 한 달 내내 시달리며 극도의 체력저하와 만성 피로감에 겨우 실습을 마쳤다고 했다.

하루하루 아기를 갖는다는 희망으로 최선을 다해 열심히 살았던 언니는 감기가 너무 오래가자 병원을 찾았다. 병원에서는 청천벽력 같은 소식을 전해주었다. '루프스병'에 걸렸다는 것이다. 루프스병은 주로 가임기 여성을 포함한 젊은 나이에 발병하는 만성 자가 면역질환이다. 시험관 시술을 위해 과도한 여성호르몬 투여가 '루프스병'의 원인이 되어 극도로 면역력이 약해진 상태라는 것이 의사의 소견이었다.

아이를 갖게 해달라고 그녀의 인생에서 가장 열심히 최선을 다해 부처님께 기도했었다. 그런 자신의 소망이 최악의 결과로 나타났음에도 언니는 아주 조용하고 담담하게 말했다.

"내 인생에 자식은 연이 아니었나봐. 아닌 것에 힘을 들이니 병이 난거지. 내 욕심이었던 거야."

"언니는 억울하지도 않아? 정말 부처님이고 하나님이고 전부 다 너무하시네. 언니가 얼마나 착하게 열심히 살았는지 누구보다 더 잘 알면서. 이건 내 결혼생활 깨진 것보다 더 화가 난다!"

미숙 언니의 초연한 대답에 가슴이 더욱 저려왔다. 울고 싶은 언니를 대신해 나는 언니의 부처님과 나의 하나님을 향해 화를 내며 소리를 질러댔다.

'어찌하여 인생은 이렇게 불공평하단 말입니까?'

잘하는 사람에게 상을 주고 칭찬해주면 세상은 망하는 건가? 결혼한 부부 5쌍 중 1.5~2쌍은 불임 또는 난임으로 고통을 겪는 다고 한다. 한때 세계 최대의 고아수출국이라는 오명을 썼던 우리나라다. 이름도 부르기 민망한 '베이비박스'를 아는가? 2009년 '주사랑공동체교회'에서 마련한 이 베이비박스에는 한 달에 20~25명의 신생아가 부모로부터 버려지고 있다고 한다. 지난 5년간 베이비박스에 버려진 아기는 7백여 명 정도다. 유기된 아기들의 부모 가운데 60%는 10대 청소년들이었다.

아기에게 무슨 죄가 있는가? 사랑스러운 아기를 기다리고 소원하는 이에게 태어나주면 더없이 축복이건만 원치 않은 이에게는 어찌 그리 쉽게 생겨서 버림을 받아야 되는지…… 세상 돌아가는 것이 야속하기만 하다.

뉴스에서 흘러나온 충격적인 소식에 온라인은 너도나도 한마디씩 하느라 떠들썩하다. 나는 문득 '저 아이가 미숙 언니의 품에서 태어났다면 얼마나 큰 축복으로 일생을 살아갔을까'하는 생각이 들었다. 유난히 가슴 먹먹한 아침이다.

07

나도 가끔은
위로받고 싶다

누구도 자신의 어제를 바꿀 수는 없다.
하지만 우리 모두 자신의 내일은 바꿀 수 있다.

– 콜린 파월

　오후 내내 소파에 누워 '세계에서 손꼽히는 여성 CEO들의 성공담'을 적은 책을 읽었다. 어제저녁 내가 여자 원장이라는 이유로 학원등록을 안 하겠다는 황당한 어머니 때문에 시작된 일이기도 했다. 여자가 왜? 도대체 남자 원장, 남자 선생을 무작정 신뢰하는 사람들이 무슨 근거로 그런 생각을 하는 것인지 궁금하다.

　근래 강사들의 수업 준비 태도 때문에 신경이 날카로울 때였다. 지인의 친구라기에 나는 직접 상담을 해주었다. 족히 한 시간이 넘는 상담을 마친 후 어이없게도 남자 실장을 가리키며 "저분이 원장님 아니세요? 여자가 원장인 곳에는 믿을 수 없어서 애를 맡길 수가 없겠네요." 하며 자리에서 일어났다. 이건 뭐라 설명할 수도 없는 상황이라 얼굴이 홍당무가 돼서 원장실로 돌아와 털썩 주저앉았다.

여성의 사회 진출이 보편화 되었다고 하지만 아직도 여전히 '금녀의 유리벽'들은 사회 곳곳에서 존재한다. 그날은 하루 종일 불쾌한 기분에 울적해져서 강력한 마인드 컨트롤이 필요했다. 이럴 땐 무조건 내 편이 필요하다. 무슨 말을 해도 내 말이 맞다 동조해줄 그럴 열혈 아군이 필요했다. 그때 전화벨이 울리면서 소개해줬다던 지인의 이름이 떴다. 안 받고 싶었지만, 사과라도 하는 건가 싶어서 벨이 몇 번 더 울린 다음 받았다.

"안녕하셨어요?"

"네, 선생님. 근데 오늘 뭐 실수하셨어요?"

다짜고짜 나보고 실수했냐고 묻는 그녀의 전화에 너무 황당했다.

"무슨 말씀이신지요? 제가 누구한테요?"

"제 친구가 선생님이 자기를 무시했다고…… 잘난 여자는 그렇게 사람 막 무시해도 되냐고 하는데 저야 선생님이 뭐라고 하셨는지 모르니까……."

정말 이건 미치고 팔딱 뛸 노릇이었다. 너무 억울해서 누가 중계라도 해 줬으면 하는 심정이었다. 흥분을 가라앉히고 오후에 있었던 상황을 말해주었다. 그런데도 어째 내 말은 믿지 않는 것 같았다. 뭘 어떻게 해야 하는 것인지 나의 상식으로는 알 수 없었다. 그녀와의 긴 통화를 끊고 나니 머리가 어질했다. 사막에 혼자 떨어져 모래 폭풍을 맞고 있는 느낌이었다.

　나는 직업적인 자세로 상담했을 뿐인데 인간적인 편견에 맞춰 공격당할 때가 있다. 그럴 때마다 나는 해독 방법을 몰라 상처를 크게 입는다. 차라리 친구라도 불러내서 수다와 뒷담화로 날려 버리던지, 술이라도 진탕 먹던지, 노래방에 가서 목이 터져라 쏟아내던지 해야 되는데 고지식해서인지 나는 그런 방법들을 실천할 줄 모른다. 그래서 가슴에 총알을 백 방은 맞은 것처럼 쓰리다. 한 두 번은 이런 이야기를 꺼내 본 적도 있었다. 그럴 때마다 정도(正道)를 원칙처럼 말하는 내게 '요령이 없고 너무 빡빡하다'는 소리와 함께 "여자가 뻣뻣하게 땍땍거리면 싫어하지!"라는 말을 듣게 된다. 그들의 무서운 편견에 나는 입을 다물게 되었고, 그다음부터는 이런 일들을 피하게 되었다. 사람들은 자신이 믿는 것만 보는 것 같다. 보이는 것만 믿는 나는 선입견으로 사람을 대하지 않는다. 누가 안 좋은 말을 전해도 내가 본 사실이 아니라면 그 말에 동조하거나 선동하는 대로 따르지 않는다. 나의 장점이자 최대 약점이다 보니 '~카더라' 통신 같은 루머에 휩싸이기 좋은 목표물이 되어 자주 총알받이가 되곤 한다.

　내가 최선을 다해 오해를 풀려고 해도 자신이 보고 싶은 것만 보려는 그들의 눈에는 진실이 보이지 않는 것 같았다. 그리고 나를 도마 위에 올려놓고 성이 풀릴 때까지 난도질한다. 경영 초창기에는 루머를 퍼뜨리는 사람들한테 내가 먼저 사과하고 오해를 풀어달라고 부탁까지 했다. 그럴수록 내게 돌아오는 것은 수치심과 모욕감이었다. 경영 햇수가 쌓이고, 수많은 강사들을 채용과 해고, 퇴직시키는 과정에서 받은 상처들이 아물면서 노하우를 익혀갔다. 값비싼 인생 수업료를 지불한 것이다.

그 이후부터 나는 '하늘 아래 한 점 부끄럼이 없을 때는' 절대 먼저 사과하지 않는다. 더 까칠하게 생각하며 잊어버리려 노력한다. 이것이 내가 나에게 주는 '인생 해독제'이자 '삶의 항생제' 처방이다. 누가 주지 않는 위로를 목이 빠지게 기다리며 한탄하는 것이 꼴사나워서 내가 발견한 페니실린이다. 나는 멘탈에 곰팡이가 피더라도 좋은 영향인 푸른곰팡이가 생겨나서 나를 비난하는 그들보다 더 강력한 성공 신화를 만들고 더욱 선한 영향력을 펼치는 사람이 되고 싶다.

철저하게 수업 준비를 하고 만나는 제자들과의 수업은 언제나 즐겁다. 하지만 수업이 다 끝나면 열강의 후유증으로 나는 패잔병처럼 너부러진다. 이때 누군가 향기 좋은 아메리카노 커피를 한 잔 들고 나타나 주면 나는 더없이 행복하다. 나에게 가장 좋은 응원은 '지란지교(芝蘭之交)'의 우정이요, 커피이며, 긍정적인 대화를 해주는 좋은 지인들과 성경 구절, 그리고 나를 지키시는 하나님이다.

매 순간 위로받기를 원하는 것은 절대 아니다. 그렇게 위로가 자주 필요할 만큼 나약하게 살지는 않았다. 그냥 가끔, 아주 가끔은 말하지 않아도 알 수 있고, 내 목소리의 미세한 떨림만으로도 무슨 일이 있었느냐고 조용히 안아 줄 그런 위로가 있었으면 좋겠다. 살면서 내 마음 속에 '어차피'란 단어를 체념하듯 내뱉지 않았으면 좋겠다.

잘한 일이 있으면, 잘난 척한다고 빈정거리지 않고 무작정 꽃한 다발 안겨 주며 "넌 충분히 받을 자격 있어!"라고 말해주면 좋겠다. 심야영화든 조조영화든 부담 없이 영화를 보자고 하면 팝콘과 커피를 사 들고 오는 센스 있는 사람이면 좋겠다. 서점에 앉아 몇 시간이고 책을 읽을 때 심심하고 지루하다고 하지 않고 함께 책을 읽는 사람이면 좋겠다.

푸르른 나무와 파란 하늘을 좋아해서 함께 산책할 수 있었으면 좋겠다. 성경을 함께 읽고 묵상할 수 있으면 좋겠다. 서로의 미래를 위해 함께 두 손 모아 축복 기도를 할 수 있다면 좋겠다. 나보다 더 수다스러워서 나를 즐겁게 만들어 주면 좋겠다. 나와 대화하는 게 즐거워서 시간 가는 줄 모르는 사람이면 좋겠다. 선한 생각을 하면서 나에게 긍정 에너지를 무한 충전해 주면 좋겠다. 나에게 어떤 상황이든 "넌 할 수 있어!"라고 말해주면 좋겠다. 불의한 일을 당했을 때 "난 언제나 널 믿어! 잘해낼 거야." 말해주면 좋겠다. 복잡한 루머에 휩싸였다 해도 "난 네가 어떤 사람인 줄 알아!" 눈을 보며 안심하게 해 주면 좋겠다.

딸 소정이 기숙사로 가고 나면, 파김치가 되어 돌아온 나를 반기는 것은 깜깜한 빈집의 적막함이다. 평소 같으면 자유롭게 옷도 벗어 던지고 속옷 차림으로 돌아다니기도 하고, TV 소리로 사람 목소리를 만들어 내기도 한다. 하지만 아주 많이 위로가 필요한 날이 되면 나는 어둠 속 소파 위에 가만히 앉아 조용히 묵상 기도를 한다. 하나님 밖에는 나와 대화할 대상이 없으니 강짜도 놓는다. 나랑 놀기 귀찮으시면 내가 원하는 위의 항목에 딱 맞는 사람 보내주시라고 엄포를 날린다. 그런 날이면 나의 하나님은 창밖으로 커다랗고 밝은 달을 보내 내 맘을 다독이시고, 어떤 날은 요조숙녀처럼 얌전히 돌아앉은 초승달을 보내 주시기도 한다.

STORY 2

지금
나에게 가장
필요한 것은

나도 가끔은 위로받고 싶다

01

지금 나에게
가장 필요한 것은

행복의 원리는 간단하다. 불만에 자기가 속지 않으면 된다.
어떤 불만 때문에 자기를 학대하지 않으면 인생은 즐거울 것이다.

— 러셀

"엄마! 지금 청라로 들어가는 데 뭐 필요한 거 없어요?"

"지금 오냐? 어찌 시간이 났나 보네?"

"뭐 드시고 싶은 거나 필요한 거 있으면 얘기하세요. 마트 들러서 사갈게요."

"그럼 요플레하고, 아빠 먹을 우유가 딱 떨어졌다. 우유 좀 사오고 그라고……."

"아, 알았어요. 제가 알아서 사갈게요. 신호 떨어져서 이만 끊어요. 이따 봐요."

맞은 편 앞집에 사시던 부모님을 청라지구 새집으로 이사시켜드린 후 우리 형제들은 친정에 갈 때 나들이하는 기분으로 찾아간다. 도착해서 배달음식을 시켜먹어도 되지만 빈손으로 가고 싶지 않은 마음에 전화를 건다. 엄마는 사오지 말라고 괜찮다며 한사코 거절하다가도 결국엔 필요한 걸 말씀하신다.

"후훗! 귀여우신 울 엄마…… 요플레는 무슨 맛을 젤 좋아하는지 그걸 안 물어봤네."

대형 마트 주차장에 들어서며 엄마 생각에 잠깐 미소가 지어졌다.

오랜만에 엄마가 차려준 밥상을 받아 배불리 먹고 출근했다. 학원에는 할 일이 태산으로 쌓여있었다. 월별 카드 정산, 수업료 미납자 명단 확인, 강사들의 급여 정산, 마이너스 통장의 기간 연장 등 달력에는 놓치지 말라고 써 놓은 메모들이 한가득이다.

"이번 달에도 통장이 바닥을 치겠지만, 하루 이틀 일도 아니니 힘을 내자!"

요즘 나는 교사의 마인드에 사업가의 필요한 덕목들로 더 무장하려고 열심히 노력 중이다. 사람을 좋아하지만 내가 사회성이 떨어지는 건지 아니면 지금 내가 사는 방법이 다른 사람들과 다른 건지 골똘히 고민하며 원인을 찾고 있다. 그런 점에서 스타 강사 김미경과 토익계의 달인 유수연은 나의 멋진 롤 모델이다. 그녀들은 일명 '센 언니' 스타일을 서슴없이 드러내는 독설가다. 그녀들의 센 매력에 내가 감동받는 것은 꿈과 열정을 위해 목숨 걸고 치열하게 좇아가서 성공을 손에 쥐었기 때문이다.

김미경과 유수연의 저서를 서점에서 주문한 후 모두 읽었다. 그리고 발견한 그녀들의 가장 큰 공통점이 있다. 바로 '모든 사람에게 친절할 필요는 없다'는 사실이다. 목사의 딸이라는 굴레 속에서 나는 모든 사람들에게 '착하다', '선하다'는 평을 들어야 바른 인생을 사는 거라고 믿어왔다. 그런 나의 어린 시절은 남의 눈을 의식하느라 아깝게 보낸 것들이 너무 많다. 이런 나의 소극적인 행동들은 아버지가 심어준 성격이다.

아버지의 교육방식은 모범과 양보였다. 성경 퀴즈나 성경 암송 등 교회 행사에 항상 모범이 되어야 할 뿐만 아니라, 대회에서 1등이라도 하면 그 상품은 다른 아이에게 양보하게 했다. 1등을 하면 나는 수상자에서 제외시키고 2등부터 4등을 한 친구들이 그 상을 대신 수여했다. 그렇다고 집에 돌아와서 나에게 별도로 보상을 해준 것도 아니었다. 이것은 아버지가 놓친 부분이다. 아동 심리학적 관점이나 교육학적 견해에서도 부모의 일방적인 행동이 부정적인 영향력을 드러낸다고 한다.

나는 보상도 없고 책임과 의무만 따르는 교회생활에 흥미를 잃어 갔다. 사춘기를 지나면서 아버지에 대한 반감이 갈수록 깊어져 갔다. 집 밖에서 만나는 아버지는 정말 선량하고 인자한 목사님이었지만, 집안에서 가족으로 만나는 아버지는 무섭고 불같은 성격에 반항은 일절 용납할 수 없는 그런 분이었다.

그런 아버지와 마음으로 화해하게 된 것은 결혼 후 1년 반쯤 이 지났을 때였다. 아버지는 첫 손녀에 대한 지극한 할아버지의 사랑을 보여주셨다. 자식들에게는 한 번도 보여주지 않았던 부성 애를 손녀인 소정에게는 한없이 표현해 주었고, 그런 할아버지와 손녀 소정은 찰떡궁합이었다. 온 집안에서 가장 든든한 후원자를 가진 소정은 외갓집 식구들에게는 최우선순위가 되었다.

　어느 날 내가 소정이를 혼내고 있을 때였다. 소정이가 말대답 을 하는 바람에 내가 옆에 있던 파리채를 들었다. 서재에 계셨던 아버지가 언제 나오셨는지 갑자기 소정이를 번쩍 들어 현관문으 로 가더니 허둥지둥 신발을 신는 것이었다. 그 모습이 가족들 모 두에게 어찌나 우스운 광경이었던지 우리는 모두 한바탕 웃어 버 렸다.

　"엄마 무서운 줄 알면서 왜 그랬어? 우리 소정이."

　할아버지의 가부좌 위에 앉아있는 손녀에게 꿀이 뚝뚝 흐르 는 목소리로 묻는다. 그 모습이 마치 캥거루 새끼를 품에 묻고 있 는 어미 캥거루 같아 보인다. 퇴근하고 들어오는 이모들도 이 모 습을 보고 너무 재미있어하며 아버지를 놀려 댔다.

　"자식들 키울 때도 좀 그리하시지…… 울 아빠도 할아버지 다 됐네!"

세월이 지나 내 모습을 보면 아버지와 너무도 많이 닮아있어 놀라곤 한다. 그렇게 벗어나고 싶었던 가족이라는 굴레가 지금은 나에게 가장 든든한 울타리를 만들어 주고 있다. 요즘 방송가는 가족의 힘을 보여주는 각종 프로그램이 지상파와 케이블을 불문하고 인기를 끌고 있다. 〈슈퍼맨이 돌아왔다〉, 〈아빠 어디가〉, 〈붕어빵〉, 〈유자식 상팔자〉, 〈백년손님〉, 〈자기야〉 등 수많은 프로그램들이 가족애를 통해 감동을 주고 있다. 가끔은 연예인들의 호화로운 생활들이 여과 없이 방송되어서 우리 같은 평범한 소시민들에게 씁쓸한 마음이 들게도 하지만 그들에게도 가족은 살아갈 힘이 된다는 사실을 보여준다.

어제는 우연히 tvN 〈응답하라 1988〉을 시청했다. 그중 한 장면이 많은 생각을 하게 했다. 며칠간 엄마의 외출로 삼부자는 자유로움을 만끽한다. 돌아온 엄마는 엄마 없이 너무도 말끔히 잘 살았던 것을 보고 실망한다. 하지만 "엄마!"하고 부르기만 하면 달려와 해결해 주는 진정한 엄마의 모습으로 우리 모두에게 '엄마'를 한 번씩 부르게 만들었다.

"신이 항상 우리와 함께할 수 없어서 엄마를 대신 보냈다!"라는 말이 있다. 전국의 맛집을 돌아다녀도 가장 맛있는 음식을 꼽으라면 엄마의 밥상 위에 올랐던 된장찌개, 김치, 나물이 생각난다. 엄마의 밥심이 지금껏 나를 지탱해 준 것처럼 어렵고 힘든 순간을 만날 때면 나는 무엇보다 엄마의 응원을 먼저 떠올린다.

신체의 근력이 쇠약해져 가는 나이에 요즘 나는 '꿈 근육의 힘'을 강화하는 훈련 중이다. 현자의 지혜로움을 익히기 위해 하루 중 3시간은 꼭 책을 읽고 있다. 인문학과 성공학, 자기계발서, 성경은 매일 멈추지 않고 읽는다. 그리고 꼭 하루의 일과를 마감하는 메모를 다이어리에 남긴다. 나는 이렇게 남긴 인생의 보물지도가 훗날 자라나는 후학들에게 꿈의 씨앗이 되어 줄 것이라 믿고 있다.

거대한 나무도 한 알의 씨앗에서 시작되었고, 거목을 지탱하는 거대한 뿌리는 미세한 생장점을 가진 잔뿌리가 있다. 인생의 꿈도 이와 같음을 믿는다. 무수한 고통과 잦은 어려움들을 겪고 이겨낼 힘을 만들므로 거대한 꿈을 이뤄나가는 진정한 거목이 될 것이다.

"네 시작은 미약하나 그 끝은 창대하리라."

딸을 위한 기도를 시작할 때 어머니는 이 말을 주문처럼 넣어 시작해 주셨다. 나는 오늘도 사랑하는 어머니의 성경 구절을 큰 소리로 세 번 외치고 일을 시작한다.

02

나쁜 여자, 나쁜 엄마, 나쁜 딸로 사는 것

길은 가까운 곳에 있다.
그런데 사람들은 헛되이 먼 곳을 찾고 있다.
– 맹자

"착한 여자는 하늘나라로 가지만, 나쁜 여자는 어디로든 간다."

독일의 여성 운동가이자 작가인 우테 에어하르트(Ute Ehrhardt)의 저서 《나쁜 여자가 성공 한다》의 표지에 나온 문구다. 나는 이 문장에 꽂혀서 요즘 늘 들고 다니며 읽고 있다.

작가 에어하르트는 "세상은 지금 강한 여자를 원한다."고 말한다. 요즘처럼 여성의 사회 활동이 활발한 시기에 어딜 가든 나쁜 여자가 되어야 성공한다는 것이다. 책 속에서는 나쁜 여자들의 아름다운 도전을 만날 수 있다.

나 또한 가족들에게 좋은 여자, 좋은 아내, 좋은 엄마, 좋은 딸소리는 일찌감치 포기했었다. 지금은 이렇게 담담히 말할 수 있지만, 살아오는 내내 견뎌내기 쉽지 않은 일들의 연속이었다. '여성들은 성공을 통해서 배우는 것이 아니라 좌절을 통해 배운다.'는 말이 있다. 인고의 세월을 강인한 정신력으로 버텨온 모성에는 분명 순응하는 착한 여자 콤플렉스를 벗어 던진 나쁜 여자들의 반란이 숨어있다.

《해리 포터》의 작가 조앤 K. 롤링은 어렸을 때 공상가였고, 수없이 많은 꿈을 꾸는 소녀였다. 불문학을 전공해서 교사가 되고 결혼을 했지만 3년 만에 파경을 맞았다. 딸 하나를 안고 주당 70파운드, 우리 나라 돈으로 한 달에 20만 원 미만의 연금을 받으며 생활했다. 딸에게 먹일 우유가 없어서 우유병에 물을 담아 아이의 배를 채우면서 자신의 공상 세계를 책으로 그려낸다. 그 책이 바로《해리 포터와 마법사》다. 이 책은 3,500만 권이 팔리는 경이로운 기록을 세웠다. 이혼과 빈곤, 외로움과 절망 속에서 조앤 롤링은 진정한 성공을 거두었다.

결혼 3년 만에 파경을 맞았다고 하면 사람들은 그 책임을 여자에게 전가하는 경우가 많다. 참지 못하고 이해하지 못해 가정을 깨고 나온 그런 성격 나쁜 여자일 거라 치부한다. 나도 결혼 3년 만에 협의 이혼을 했다. 이혼 당시 법원 앞에서 생판 알지도 못하는 할머니에게 남자 앞길을 막으려고 참지 못해 이혼한다는 소릴 들었었다. 기가 막히고 처참한 기분이 들었다. 그때 나는 남편이 날 버리니 세상 별 쓸데없는 사람들까지 나에게 시비를 건다고 망연히 눈물만 흘리며 하늘을 봤던 기억이 난다.

책을 덮고 나는 내 인생을 곰곰이 되짚어 보았다. 지금까지 이혼이라는 전혀 예쁘지 않은 수식어가 내 인생을 한마디로 대변하는 듯한 열등감에 빠져 살았다. 나 스스로를 가둬버린 수많은 편견들이 마치 지하실에 숨어 있어야 할 괴물처럼 보이게 했다.

"네가 좀 튀잖아!"

"그러니까 남자가 없지!"

"너무 성공해서 그래. 남자들은 자기보다 잘난 여자 다 싫어해!"

"넌 뭐 부족한 게 없어 보이잖아. 빈틈도 좀 있어야지 사람이……."

나는 왜 아직 혼자일까?라고 묻기라도 할라치면 그동안 말 못해준 게 억울하다는 듯이 나에 대한 문제점들이 쏟아진다. 친구와 함께 수다라도 떨고 싶어 나가면, 꼭 시어머니 얘기, 남편 욕, 속 썩이는 자식들 얘기까지 레퍼토리를 쏟아낸다. 그리고 집에 돌아가서 여전히 함께 잘 사는 대부분의 부부가 나는 참 부러웠다.

'그럼 나는 뭐가 잘못 돼서 혼자인걸까?'

딸 소정이 초등학교 4학년 때인 어느 날, 학교에서 돌아와 나에게 물었다.

"엄마도 일 안 하고 집에서 쿠키 구워주고 빵 만들어주고 그러면 안 돼?"

"왜? 친구네 엄마가 쿠키 구워줬어?"

"나도 학교 갔다 오면 엄마가 집에 맨날 맨날 기다리면서 맛있는 거 해줬으면 좋겠어."

더 어릴 적에는 자기 마음을 잘 알아준다고 왕이모 신영이가 자기 엄마였으면 좋겠다고 한 적도 있다. 이제는 더 키워 놨더니 딴 집 엄마들 쿠키에 밀리는 신세가 되어 버렸다.

"그 친구는 호주 가봤대?"

"응?"

"그 쿠키 만들어 주는 엄마 있는 애는 비행기 타고 해외여행 가 봤다고 하냐고?"

"몰라. 안 가봤을걸?"

"그럼 그 친구는 소정이를 더 부러워하겠는데?"

"왜?"

"쿠키는 엄마가 구워 줄 수도 있는데 빵집 아저씨가 파는 거 사 먹을 수도 있잖아!"

"그렇지! 그래도 그건 엄마 쿠키가 아니잖아."

"소정이도 엄마가 만들어주는 샌드위치보다 롯데리아 햄버거를 더 좋아하잖아!"

"……."

"엄마는 딸 데리고 해외여행도 몇 번이나 갔다 왔는데, 그 친구 엄마는 못 해줬잖아? 그래도 엄마 바꾼다고 그러면 소정이 친구는 되게 좋아하겠네. 엄마는 괜찮아! 소정이가 바꾸고 싶으면 바꿔! 할 수 없지 뭐, 엄마도! 딸이 집에서 쿠키랑 빵 구워달라니까 이제 일 안 하고 과자나 구워야겠다. 이제 우린 돈도 없어서 피자랑 치킨도 못 먹겠네. 돈을 누가 벌어 오나? 돈 버는 아빠도 없는데? 이모랑 할아버지가 준 소정이 용돈으로 살아야겠네!"

"아냐! 엄마, 학원 나가. 일하러 다녀. 내가 빵집 아저씨 쿠키 사 먹으면 돼!"

"그래? 왜, 엄마도 집에서 쉬면 더 좋은데…… 소정이 용돈으로 살면 돼! 엄만 괜찮은데?"

"으! 나쁘다, 엄마! 어떻게 딸을 바꾼다고 하냐?"

"네가 먼저 엄마 바꾸고 싶어 했잖아?"

"그래도 난 장난인데…… 엄마 안 바꿀 건데. 그리고 걔네 엄마 막 욕도 한단 말이야!"

말은 자기가 시작해 놓고는 딸 바꾼다는 소리에 서운해서 눈물이 그렁그렁한 눈으로 바라보았다.

"엄마도 딸 안 바꿔! 이만큼 예쁜 딸로 키워놨는데 누구랑 바꿔! 엄만 예쁜 딸이 좋아. 못생긴 딸 데려다가 성형시키려면 돈 많이 들어. 안 바꿔!"

소정이는 그제야 입을 삐죽이며 내 옆에 와서 안긴다.

체육센터 수영교실에 소정을 내려주고 빨간불 보행 신호를 확인하며 차를 천천히 움직였다. 골목길로 접어드니 양옆으로 주차된 차들 때문에 내 차 한 대가 겨우 지나갈 여유밖에 없었다. 행여 맞은편에서 차라도 나오면 낭패라고 생각하며 서둘러 골목을 빠져나가고 있었다. 거의 다 골목을 빠져나와 좌회전만 하면 여유로울 것에 안도하며 핸들을 돌리려는데 시야에 슈퍼마켓 배달 트럭이 사선으로 짐을 내리고 있는 모습이 보였다. 열린 트럭 뒷문 쪽으로 수십 개의 박스들이 쌓여 있었지만, 사람은 보이질 않았다. 살짝 경적을 울려 봤지만, 몇 분이 지나도 여전히 차가 움직일 생각도 없고, 양해를 구하러 나오는 운전자도 없었다.

비상등을 켜 놓은 후 차에서 내렸다. 트럭 쪽으로 가보니 30대로 보이는 한 남자가 박스를 점검하고 있었다. 자신을 부르는 데도 내 쪽으로 고개를 돌려 한번 흘끗 쳐다볼 뿐 별 반응이 없었다. 황당한 내가 남자에게 다가가 다시 차를 좀 이동시켜 주던지, 지나갈 수 있게 상자를 좀 치워달라고 정중히 부탁했다. 잠시 박스에서 손을 멈춘 그 남자는 작업용 목장갑을 벗어 던지더니 갑자기 욕을 해 대기 시작했다.

"에잇! 이놈의 동네는 여편네들이 왜 이리 잡소리가 많아! 차를 끌고 나왔으면 큰길로 다니든가, 왜 운전도 지랄 못 하면서 집에서 자빠져 잠이나 자지 뿔뿔 기어 나와서 사람 열 받게 하네, 정말!"

갑작스러운 욕설과 상스러운 태도에 놀라 얼굴이 화끈거리고 다리가 후들거렸다. 벌렁거리는 심장을 가다듬고 도대체 이 무례한 남자에게 내가 왜 이런 대우를 받고 있는지 상황을 분석했다. 놀란 목소리를 애써 감추려고 노력했지만, 덜덜 떨리는 내 목소리는 손까지 떨리면서 긴장이 되어 잘 나오지 않았다.

"이봐요, 아저씨!"

"뭘 봐! 이 여자야! 내가 널 왜 봐? 재수 없게…… 어디 여자가 보라, 마라야?"

안하무인 무례함이 더 커진 남자는 마치 동네 사람들 다 들어보라는 듯이 더 큰 목소리로 나에게 호통을 쳤다. 누가 보면 내가 그 남자에게 뭔가 치명적인 실수라도 한 것처럼 보이는 상황이었다. 이대로 당할 수는 없었다.

"아저씨! 골목을 막고 있는 아저씨 차가 문제잖아요? 지금 누구한테 화풀이하세요?"

"차 못 빼주니까 돌려 나가슈! 나 일하는 거 안 보여?"

대책 없는 사람이었다. 나는 슈퍼 안으로 들어가서 책임자를 찾아볼 생각으로 기웃거렸지만 아무도 보이질 않았다. 동네 슈퍼에 납품하면서 저런 무례한 행동을 하는 사람을 두고 볼 주인은 없을 텐데. 아마도 슈퍼마켓 주인이 없는 틈을 타서 저런 망발을 하는 것 같았다. 정말 기가 막혔다. 화가 머리끝까지 났지만 별다른 대안이 없어서 결국 차를 돌리기로 했다. 차를 돌리자 남자는 기세가 더 등등해져서 동네 사람들 들으라는 듯 바닥에 가래침을

탁 뱉으면서 한마디 욕을 또 했다.

"미친 여편네!"

나는 차로 돌아와 호흡을 고르고 휴대전화를 들고 112에 전화를 걸었다. 미친개에게는 몽둥이가 약이고, 저런 망종(亡種)에게는 예의를 차릴 필요가 없다는 결론이 났다. 나는 최대한 악랄하고 나쁜 여자가 되기로 마음먹었다. 112 신고센터에 정확한 위치와 현재 상황 사진을 찍어 보내준 후 지금 바로 가까운 관할 지구대의 경찰을 출동시켜 달라고 요구했다. 시간이 여유로웠던 것도 아니었지만 도저히 그냥 넘어갈 수 없었다. 사과 한마디 정도는 꼭 받아야겠다고 생각했다. 나는 신고 후 경찰 순찰차가 시야에 들어올 때까지 차에 비상등을 켜고 문을 잠근 채 그곳을 떠나지 않고 기다렸다.

간이 콩알만 해서 나는 싸움을 못 한다. 하지만 대의명분을 세우는 합당치 않은 일에는 잔 다르크처럼 나선다. 옳은 일이기 때문에 겪는 나쁜 여자 취급은 반대편 적군에게 듣는 말이지 진실은 아니기 때문이다.

7~8분이 지나자 사이렌을 울리면서 순찰차 두 대가 골목 쪽으로 들어왔다. 동시에 내 휴대전화가 울리면서 낯선 번호가 떴다. 신고를 받고 도착한 경찰관 중 한 명이 내게 확인 전화를 해준 것이다. 통화를 마치고 나는 경찰관 네 명과 인사를 나누었고, 덩치가 큰 두 명의 경관이 남자 쪽으로 가서 상황을 파악하는 동

안 여자 경관과 나이 지긋한 경찰관이 내 곁으로 와서 상황을 물었다. 그들은 나에게 얼마나 놀라고 힘들었겠냐며 위로해 주었다.

남자는 예상치 못한 경찰들의 등장에 당황하는 기색이 역력했고, 50대의 남성 한 사람이 나와 경찰과 함께 있는 거로 봐서는 슈퍼마켓 주인인 듯 보였다. 잠시 후 트럭 옆에 있던 박스들을 급하게 트럭에 다시 올린 후 트럭 문을 닫고 길을 터 주었다. 50대의 남자가 한 손에 과일 주스 한 박스를 들고 다급하게 내 차 쪽으로 달려왔다. 나는 든든한 경관 두 명과 기세등등하게 서 있었다. 나는 속으로는 '너! 사람 잘못 봤지? 어디서 그런……'하면서 흥분을 가라앉히고 뛰어오는 그를 묵묵히 바라보았다.

"아이고, 이거 제가 자리를 비웠더니 이런 일이 생겼습니다. 사모님, 죄송합니다."

"아닙니다. 안 계신 것 같아서 저도 경찰서에 신고를 했어요."

"죄송합니다. 정말 죄송합니다. 이거 받으십시오."

"아니요. 괜찮습니다. 경관님들께나 드리세요. 전 사과 한마디면 됩니다."

"저 사람이 나쁜 사람이 아닌데…… 가끔 저렇게 욱하고 돌면 여자들한테 욕을 해대요."

"아니, 사장님. 여자들이 뭔 죄가 있어요."

여자 경관이 한마디 거들자 주인은 멋쩍게 웃었다. 그 남자는 남자 경관 두 명과 함께 나에게 걸어왔다. 어쩔 수 없이 사과해야 하는 상황에 화가 나는 듯 보였지만, 정복 경찰이 네 명이나 둘러싸고 있는 나에게 순순히 사과해야만 했다. 조금 전까지의 험악하고 기세등등하던 모습은 온데간데없고 초라한 한 남자가 고개를 숙인 채 서 있었다. 진심이 있건 없건 나는 사과를 받았으니 한결 가벼운 마음으로 그곳을 먼저 빠져나왔다. 경찰관들은 보복범죄가 우려됐는지 나를 먼저 보내주고, 30분 후에 전화를 걸어 별일 없이 안전하게 잘 도착했는지를 확인했다.

"잘하셨어요. 드센 여자처럼 경찰에 신고했다고 나쁜 여자 취급하는 남자들도 많은데요, 아니에요. 신고하신 거 참 잘하셨어요. 그게 더 안전하게 잘하신 겁니다."

여자 경관은 나에게 이 말을 남기며 전화를 끊었다. 나는 오늘 정의로운 '나쁜 여자'가 되었다. 나쁜 여자가 된 것이 오늘은 전혀 기분 나쁘지 않았다.

03

콤플렉스야 말로
내 삶의 자극제다

더 잘하려고만 생각하지 마라.
다르게 생각하는 습관을 만들어라.

– 해리 벡위드

교실에서 아이들이 수업용 CD를 들고 왁자지껄 소란스럽게 놀고 있었다. 지문을 잔뜩 묻혀놓으면 작동이 안 되는데 녀석들은 신이 나서 얼굴 위에 올려놓고 휴대전화로 사진까지 찍어댄다.

"애들아 뭐하는 거야? 그거 가지고 놀면 안 돼!"

"히히히, 원장 선생님도 한 번 얼굴 크기 얼만 한 지 대 보세요."

"야, 원장님은 딱 봐도 넘치잖아. CD 두 장은 겹쳐야 할 걸?"

아이들은 너도나도 CD를 내 얼굴에 대보겠다고 달려들었다. 맹랑한 녀석들 같으니라고!

"선생님은 스케일이 큰 사람이라 CD는 코딱지만 해서 사양할게. 대신 레코드판으로 해줘!"

"레코드판이 뭐예요?"

요즘 애들은 LP 레코드판을 본 적도 없는 세대란 걸 깜빡 잊었다.

"암튼, 이제 그만. 수업하자. CD 이리 주고, 자리에 빨리 앉아."

요즘은 얼굴은 작을수록, 눈은 클수록, 피부는 뽀얀 아기처럼, 얼굴은 V라인, 몸매는 S라인, 가슴은 크고, 허리는 잘록, 엉덩이는 봉긋한 애플 힙을 가진 사람이 미인의 대명사처럼 불린다.

V라인도, S라인도 아닌 나는 눈 큰 거 하나로 어떡하든 미인의 항목에 끼어보려 했지만, 중력의 법칙에 따른 노령화로 그 크던 눈마저 쌍꺼풀이 흘러내려 오고 있다. 거울을 보기가 겁나는 나이가 되니 집안의 거울들이 점점 더 각도를 넓혀서 세워진다. 의류매장의 눈속임 거울처럼 각도를 비스듬히 누일수록 날씬해 보이는 효과라도 얻고 싶은 몸부림이다.

계란형의 고전적인 모습을 한 언니와는 다르게 나는 선이 굵고 짙은 이목구비를 갖고 있다. 어린 시절 나는 유난히 비위가 약한 탓에 미간을 찡그리는 습관이 많았다. 그때마다 선명하게 보이는 미간의 주름과 인상 쓰는 표정이 깍쟁이 같아 보여서 성격이 까칠하다는 말을 달고 살았다. 무엇이든지 거부감 없이 잘 먹는 언니에 비해 나는 기름지고 느끼한 것은 절대 안 먹고, 땅콩 호두 같은 견과류는 옆에서 먹는 냄새만 맡아도 속이 울렁댔고, 조금만 잘못 먹어도 배가 아파져 설사를 했다. 지금이야 부모들이 아이들의 식습관과 건강을 살피는 시대가 되었지만, 부모님은 이런 내 식성을 반기지 않았었다. 나는 얼굴도 크고, 눈도 크고, 입술도 도톰해서 강렬한 인상을 주지만, 아주 소심한 여학생이었다. 그런 모든 것이 다 콤플렉스 덩어리였다.

아버지는 모든 일에 모범이 되고 조용하며, 수더분한 외모의 큰딸인 언니를 무척이나 아끼셨고 자랑스러워 하셨다. 그래서 언니와 모든 면에서 정반대였던 나는 내 모습과 내 성격과 내가 가진 모든 것들이 부족하고 늘 불만족스러웠다.

콤플렉스를 검색하자 위키 백과사전은 심리학적으로 다음과 같이 풀이한다.

'정신분석학 용어, 콤플렉스는 정신분석학의 개념으로 사람 마음속의 서로 다른 구조를 가진 힘의 존재를 의미한다.'

일본에서는 '콤플렉스' 하면, 암묵적으로 '열등 콤플렉스'를 가리키는 경향이 있다. 게다가 정신분석의 용어로부터 멀어지고, '콤플렉스'를 '열등감'의 동의어로 잘못 사용되는 경우도 종종 나타난다.

확실히 학문적으로 정리된 의학용어들과 우리가 일반 상식선에서 사용하는 말에는 차이가 크다. 하지만 복잡하고 생소해서 어렵다는 생각보다는 묘한 호기심이 느껴지면서 문득 '콤플렉스'란 말이 나를 무시하고 화나게 하는 단어가 아니란 생각이 들었다.

세상은 엄청나게 변했다. 여성의 위상이 높아지면서 센 여자,

나쁜 여자를 반기는 세상으로 변했고, 미의 기준도 어릴 적 내 세상과는 많은 부분이 달라졌다. 〈로미오와 줄리엣〉의 청순한 미녀 올리비아 핫세에서 〈툼 레이더〉의 여전사 안젤리나 졸리가 세계에서 가장 아름다운 얼굴로 바뀌는 시대가 온 것이다. 이전까지 나의 콤플렉스는 가끔 '미인이십니다!'라는 멋진 칭찬을 듣게 해주었다.

안젤리나 졸리는 자신의 두툼한 입술을 콤플렉스로 여겼다고 한다. 그런데 지금은 전 세계의 많은 여성들이 그녀의 도톰하고 섹시한 입술을 닮고 싶어 한다. 할리우드 대표 미남 배우인 레오나르도 디카프리오는 10대 때 너무 못생겼다는 이유로 친구들에게 왕따를 당했다고 한다. 이게 말이 되는가? 나는 디카프리오가 연기한 '로미오'를 보고 주변의 남자들을 오징어 취급하며 얼마나 무시했는지 모른다.

유명 영화배우인 성룡과 톰 크루즈는 무엇 하나 빠질 것 없는 스타임에도 불구하고 난독증이라는 콤플렉스 때문에 대본을 읽어주는 개인 코치를 따로 두었으며, 수많은 영화 속에서 보여줬던 멋진 연기는 대본을 귀로 듣고 모두 외웠다고 고백했다. 톰 크루즈는 한 인터뷰에서 자신의 난독증세에 대해 이렇게 말했다.

"나는 모든 대본을 귀로 듣고 외운다. 그렇게 집중하기 위한 훈련을 했다. 내가 들은 내용을 이해하기 위해 머릿속에서 시각화하는 방법을 스스로 터득했다."

영국의 전 수상이자 노벨 문학상을 받은 작가이기도 한 윈스턴 처칠은 영국의 자랑이자 가장 위대한 연설가 중 한 명으로 손꼽힌다. 하지만 어린 시절 처칠은 혀가 짧았으며, 몇몇 단어들을 제대로 발음하지 못했고, 말까지 심하게 더듬었다. 그뿐만 아니라 학창시절에 학업 성적이 거의 꼴찌였다. 사람들은 그를 열등아, 저능아로 불렀다. 처칠의 아버지는 그를 가문의 수치로 여겼는데 이것은 어린 처칠에게 큰 상처가 되었다. 언젠가 그는 이렇게 말한 바 있다.

"운명이 시간과 공간으로 이루어진 이 세계 안에서 존재하는 만큼, 우리의 운명과 화해합시다. 우리의 기쁨을 소중히 여기고 슬픔을 한탄하지 맙시다. 빛의 영광은 그림자 없이는 존재할 수 없습니다. 인생은 총체적인 것이며, 좋은 것과 나쁜 것을 함께 취할 수밖에 없습니다."

처칠은 자신의 콤플렉스 때문에 늘 고민스러워했다. 그 콤플렉스만 없으면 지금보다 더 행복한 인생을 살 수 있을 거라고 생각했다. 하지만 고민만 한다고 콤플렉스가 사라지지 않는다는 것을 알았고, 그는 고민의 해답을 찾기 위해 노력했다.

'어떻게 하면 콤플렉스를 극복할 수 있을까?'

'어떻게 하면 지금보다 더 나은 내가 될 수 있을까?'

그는 곧 고민들을 하나씩 해결해나가기 시작했다. 군에 입대한 뒤 체력 훈련을 통해 허약한 몸을 강하게 만들었고, 학창시절 꼴찌였던 성적은 매일 다섯 시간이 넘는 독서를 통해 다양한 지식을 쌓으며 극복할 수 있었다. 짧은 혀로 인한 부정확한 발음과 말더듬증은 끊임없는 웅변 훈련으로 극복했으며, 전쟁에 참가해 소심한 성격을 대범한 성격으로 바꾸기도 했다.

처칠은 말더듬증 때문에 되도록 말을 자제했다. 짧은 말만 하다 보니 사람들에게 무뚝뚝한 사람으로 비쳤다. 그래서 그는 자신의 이미지를 바꾸기 위해 유머를 활용하기 시작했다. 처칠은 절대 좌절하지 않았고, 자신의 꿈과 목표를 이루기 위해 최선을 다했다. 그렇게 그는 영국의 수상이 되었다.

콤플렉스는 누구에게나 있다. 그렇다고 좌절해서는 안 된다. 나는 콤플렉스야말로 삶의 자극제라고 말하고 싶다. 포기하고 주저앉는다면 더 이상의 변화는 없다. 자신의 단점을 바꿔 성장한 톰 크루즈, 처칠 수상처럼 본인의 마음 먹기에 따라서 콤플렉스가 더 좋은 성공의 기회를 가져다주기도 한다. 그러므로 나에게 콤플렉스는 더 이상 콤플렉스가 아니라 내 삶을 더 도전하게 해주는 '자극제'라고 외치고 싶다.

04

질투는 나의 힘,
미워하는 감정을 숨기지 마라

우리가 받은 인생은 짧은 것이 아니다.
다만 우리 스스로 인생을 짧게 만드는 것뿐이다.

– 세네카

한 소통 전문가가 '사람의 마음을 얻는 여덟 가지 방법'을 소개했다. 방법은 다음과 같다.

첫째, 받기보다 주는 것을 좋아한다.

둘째, 사소한 것에 감동한다.

셋째, 칭찬을 잊지 않는다.

넷째, 상대의 말을 경청한다.

다섯째, 상대의 고민에 공감해 준다.

여섯째, 상대를 배려한다.

일곱째, 상대의 입장에서 생각한 뒤 말한다.

여덟째, 상대의 단점보다 장점에 초점을 맞춘다.

들고 보니 일리 있는 말이다. 게다가 거꾸로 바꿔보면 욕심 많고 이기적인 못된 인간의 전형이 고스란히 드러난다.

첫째, 주는 것 없이 받기만 좋아한다.
둘째, 큰일에도 무덤덤하고 무관심하다.
셋째, 절대 칭찬을 하지 않는다.
넷째, 자기 말만 하고 상대의 말은 듣지 않는다.
다섯째, 자기 고민만 중요하고 상대의 고민 따윈 관심 두지 않는다.
여섯째, 상대를 배려하지 않는다.
일곱째, 자기 생각대로 판단하여 상대에게 먼저 말한다.
여덟째, 상대의 장점에는 관심 없고 단점에만 초점을 맞춘다.

요즘은 솔직한 게 매력이라고 하며 감정을 숨기지 않고 말하는 걸 환영하는 분위기다. 무작정 참는 건 바보나 하는 것이며, '괜찮은 척', '착한 척'하는 것이 더 싫다는 직설적인 표현이기도 하다. 적절하기만 하다면 멋진 카타르시스를 표출하는 쿨한 반응 같아 귀엽고 예쁘다.

'제국의 아이들'이라는 그룹에서 황광희라는 멤버가 있다. 그는 예능에 적응하기 위해 자신의 콘셉트를 '시샘, 질투, 솔직한 감정 드러내기' 등으로 잡았다며 감정을 스스럼없이 드러낸다. 예능 프로그램에 나와 다리를 꼬고 앉아 비스듬히 눈을 내리깔면서 "재수 없어!"라고 말하면 방청객들은 박장대소 반응이 뜨겁다. 마치 나를 대신해 감정을 여과 없이 표현해주는 것이 대리만족의 느낌을 준다. 같은 그룹의 멤버인 청렴선비 같은 임시완이나 순둥이 모범생 같은 박형식과는 확실히 다른 매력으로 대중의 인기를 얻고 있다.

케이블 방송의 오디션 프로그램 〈언프리티 랩스타〉에서 '디스 랩' 배틀을 하는 장면을 우연히 보게 되었다. '디스 랩'은 상대방을 공격하여 망신을 주는 힙합의 하위문화를 일컫는 말이다. 아예 마음에 들지 않는 미운 감정, 싫은 감정 등을 드러내 경쟁을 하라는 것이다. 나는 힙합 장르를 좋아하지만, 요즘에는 너무 직설적이고 선정적인 표현이 난무해서 듣기 거북할 때가 참 많았다. 이런 점에서 마약, 욕설 등을 하지 않는 래퍼이자 프로듀서인 '도끼(dok2)'를 나는 높이 평가한다.

딸 소정과의 문화적인 소통을 위해 비트가 빠른 리듬에 맞춰 자기 생각이나 일상의 삶을 이야기하는 랩과 레코드의 스크래치, 감각적인 브레이크 댄스가 가미된 힙합을 듣다 보니 생각보다 멋진 곡들이 많았다. 중의적인 표현이 많았던 대중가요에 비해 직설적인 표현으로 자기감정을 표출하는 젊은 청소년들의 주류 음악답다.

부러우면 지는 거라고 애써 샘나는 마음을 뒷짐 지고 아닌 척

하던 나의 어린 시절과는 정말 다르다. 요즘 아이들은 갖고 싶은 것을 에둘러서 말하는 법이 없다. 싫으면 싫고, 좋으면 좋고, 그 감정을 표현함에 망설임이 전혀 없다. 오히려 너무 직설적이라 가끔은 옆에 있는 어른들이 민망할 때가 있다. 요즘 아이들에게 샘 부리는 아이는 착하지 않은 아이, 성격 나쁜 아이라고 가르치며 다 같이 나눠 쓰는 착한 아이가 되어야 했던 내 어릴 적 교육방식을 말해준다면, 이해할 수 있을까? 여자의 질투는 칠거지악에 속한다 하여 내쫓긴 옛 선조들의 여성교육 방식을 들려주면 수많은 10대들이 흥분할 것이다.

기형도 시인의 〈질투는 나의 힘〉이란 시가 떠올랐다.

아주 오랜 세월이 흐른 뒤에 힘없는 책갈피는 이 종이를 떨어뜨리리. / 그때 내 마음은 너무나 많은 공장을 세웠으니 어리석게도 그토록 기록할 것이 많았구나. / 구름 밑을 천천히 쏘다닌 개처럼 지칠 줄 모르고 공중에서 머뭇거렸구나. / 나 가진 것 탄식밖에 없어 저녁거리마다 물끄러미 청춘을 세워두고/ 살아온 날들을 신기하게 세어보았으니 그 누구도 나를 두려워하지 않았으니 / 내 희망의 내용은 질투뿐이었구나. / 그리하여 나는 우선 여기에 짧은 글을 남겨둔다. / 나의 생은 미친 듯이 사랑을 찾아 헤매었으나 난

한 번도 스스로 사랑하지 않았노라.

기형도 시인은 1985년 동아일보 신춘문예에 당선된 후 윤동주문학상을 받은 실력 있는 문학인이다. 하지만 안타깝게도 그는 29세의 젊은 나이에 뇌졸중으로 사망했다. 요절한 그가 남긴 이 시의 제목을 보고 처음에는 질투가 힘이 되어 열렬한 사랑을 쟁취했다는 말을 기대했다. 하지만 "단 한 번도 스스로 사랑하지 않았노라"하며 고독한 뉘앙스를 풍기며 글을 마친다. 마치 자신의 운명처럼 우울함이 스멀스멀 밀려온다.

나는 그 우울한 기분을 거부하기로 했다. 시 문장들은 다 제쳐버리고 멋진 제목만 씩씩하게 끌어와서 응원 멘트를 만들어 봤다.

"질투는 나의 힘, 미워하는 감정을 숨기지 말자!"

무엇하나 못하는 게 없이 너무 잘해서 얄미운 사람들이 있다. 내가 할 수 없는 것들을 쓱쓱 척척 옆 사람 기죽이며 정말 멋지게 잘한다. 그런 그들이 성격도 좋고 얼굴까지 예뻐서 사람들을 행복하게 만들어 준다. 보는 것만으로도 에너지가 충전되고 힘이 난다.

그런 그들 옆에서 계속 남고 싶어서 열심히 노력한다. 노력하면 할수록 그들과 함께 가까워지는 느낌에 희열을 느낀다. 부러운 마음에 샘나는 것이 왜 지는 것인가? 부럽고 샘나는 마음에 죽도록 미워하는 마음으로 쫓아갔더니 어느덧 그들과 함께 나란히 서 있는 성공한 모습의 나를 보게 된다. 그러니 부러우면 따라 해라.

샘이 나면 미친 듯이 미운 감정으로 샘 부리고 지독하게 싫어하면서 독기를 품고 도전해보는 것이다. 나는 질투만큼 자신에게 갖고 싶은 욕망을 자극하는 것은 없다고 생각한다. 미운 감정도 솔직하게 밉다고 드러내 보자.

나와 비슷한 환경에 있던 친구였는데 어느 날 엄청난 성공 가도를 달리고 있다면? 당연히 짜증이 밀려올 것이다. 그저 단순히 친구가 나보다 운이 좋다는 말로 넘기지 말자. 능력 있고 든든한 남편, 재력 있는 시댁 덕에 성공했다고 뒤에서 맥없이 입을 삐죽이며 지켜보고만 있지 말라는 것이다. '왜 나는 그럴 수 없나?' 질투심에 불을 질러 보자.

아이러니하게도 세상에는 타고난 부자들이 성공한 경우보다 돈 한 푼 없고 초라했던 사람들이 성공한 경우가 더 많다. 내가 이루고 싶은 꿈이 있다면, 이미 그 꿈을 이룬 사람들을 향한 치명적인 질투심을 왕창 동원해 보자. 머지않아 내가 그들보다 더 성공한 인물이 되어 그들에게 질투의 대상이 되어있을 것이다.

05

나보다 슬픈 사람이
있다는 것을 아는 것

행복은 우리 주변에서 자라나며,
낯선 이의 정원에서 얻어지는 것이 아니다.
— 더글러스 제럴드

이른 아침, 나는 류 사장님을 막아섰다.

"너무 감사합니다. 사장님. 점심식사 하시기는 너무 이른 시간
이고, 바로 급한 일 없으시면 어디 가서 저랑 차 한 잔만 하고 가
실래요?"

공사 현장의 작업을 다 끝낸 후 직원들을 먼저 배웅하고 있던
류 사장님은 웃으며 말했다.

"어휴, 아니에요. 원장님! 그냥 대금만 입금해 주시면 돼요. 식
사 같은 거 신경 쓰지 않으셔도 됩니다. 허허허."

집을 짓는 일을 하시는 류 사장님은 이번에도 내가 급한 공사
에 대해 걱정을 하자 바로 업자를 연결해 주고 공사를 하루 만에
끝내주었다. 감사함을 표하고 싶어도 워낙 시간을 다퉈 일하는 분

이라 따로 대접을 받는 것을 항상 거절해 왔었다. 오늘 드디어 고마움을 전할 기회가 생긴 것이다.

오전 10시가 조금 넘은 시간이라 우리는 카페가 열린 곳을 찾아 구청 쪽으로 이동했다.

"혹시 커피 싫으시면 뭐 다른 거라도 드세요."

"아닙니다. 저도 블랙커피 좋아합니다. 아메리카노 시켜 주세요."

"그럼 달달하게 허니 브레드에 휘핑크림 많이 올려서 같이 드셔 보세요!"

"하하. 네. 제가 사드려도 되는데……."

"아니에요, 사장님! 오늘은 꼭 제가 대접해 드리고 싶으니 편히 드세요."

아침부터 빈속에 나왔더니 나도 노릇노릇하게 오븐에 구운 허니 브레드를 부드럽고 달콤한 휘핑크림에 잔뜩 묻혀서 커피와 함께 먹고 싶었다. 나는 류 사장님이 이런 카페에 앉아 커피 마시는 걸 불편해하지 않아서 정말 다행이라고 생각하며 주문을 했다.

"아메리카노 두 잔 주세요. 한 잔은 좀 연하게 주시고, 한 잔은 진하게 주세요. 허니 브레드에 휘핑크림 더블로 꽃모양 만들어 주시면 더 감사히 잘 먹겠습니다!"

"아, 네! 휘핑크림 많이 드리겠습니다. 근데 지금 오븐이 예열 중이라 시간이 좀 걸리더라도 양해해 주세요. 대신 빵은 더 맛있게 구워 드릴게요."

저음의 목소리가 제법 근사한 카페 직원은 주인인지 알 수는 없었지만, 기분 좋게 주문을 받아주었다. 카드와 영수증을 받아들고 류 사장님이 앉아 있는 테이블로 가서 마주 앉았다.

"이런 카페에서 커피를 마시는 일은 자주 없어서…… 허허!"

"그러시겠죠. 일하시는 분들이랑 가시기는 술집이나 밥집이 더 편하시죠?"

여러 번 봐 왔지만 이렇게 가까이 앉아 대화를 해 본 적은 처음이었다. 불편할까 봐 노심초사했던 마음은 자연스레 기우가 되었다. 워낙 다양한 사람들을 만나고 오랫동안 사업을 해 오신 분이라서 그런지 사람과 만나는 것 자체를 아주 편안하게 생각하는 것 같았다.

이전부터 알고 지낸 선배 오빠와 앉아 있는 듯 편안했다. 류사장님은 사업하면서 힘들었던 일들에 대해서도 좋은 조언을 많이 들려주었다.

"정직하게 사업하고 사람들을 대해주면 더 좋은 사람들을 많이 만날 줄 알았는데 사람 믿는 제 성품을 이용해서 사기 치고 빼먹으려는 사람들을 만나게 되니까…… 저는 어떻게 사업을 해야 할지 정말 울고 싶을 때가 많았어요."

"그렇죠. 여자 혼자 원장님처럼 성공하기도 힘든데 참 잘하신 거예요."

"이제는 돈 걱정 좀 안 하고 어느 정도 기반이 좀 생기길 바라는데 매번 제 마음 같지 않은 강사들 만나서 이리 치이고 저리 치이고 욕먹을 때면, 왜 내가 이런 고생을 사서하고 있나 생각할 때가 많아요."

내 마음을 살짝 열어놓고 편안한 대화를 하다 보니 순간 눈물이 핑 돌았다.

"원장님. 그렇게만 생각할 것도 아니에요. 저도 처음에 사업할 때는 사람 좋은 거에 끌려서 다 해주고 돈 못 받고 그런 일이 많았어요. 그래도 사람이 재산이라고 생각하는 저를 이용해서 이익 챙기는 사람들이 많았는데, 그런 일들은 시간이 지나면 하나둘 정리하게 되더라고요. 인생의 값을 치르는 거지요. 모르고 들어간 식당에서 백반 한 그릇을 먹어도 맛이 있든 없든 돈은 내고 나와야 되잖아요. 그런 집은 다음에 다시는 안 가게 되잖아요. 인생이 다 그런 것 같습니다."

눈물 맺힌 내 눈을 보고 안쓰러운 마음이 컸는지 류 사장님은 절대 잘못 살아온 게 아니라며 따뜻하고 부드러운 음성으로 위로해 주셨다. 사는 방법은 모두 달라도 겪게 되는 많은 일들은 거의 비슷하다는 인생선배의 다독이는 말을 들으니 마음이 더 편안하고 안정되었다.

"손님이 많이 안 계셔서 좀 여유가 있네요. 맛있게 드세요. 뭐 또 필요한 거 있으시면 말씀하시고요."

서빙을 해 준 카페 직원의 말에 우리의 대화는 잠시 끊겼다.

"아! 감사합니다. 고맙습니다. 너무 예뻐요! 호호."

쟁반에는 내가 주문한 커피 두 잔과 먹음직스럽게 구워진 허니 브레드와 그 위에 장미꽃처럼 멋지게 장식한 휘핑크림을 담은 하얀 접시가 놓였다.

"이런 거 잘 안 드실 것 같긴 한데 그래도 로마에 가면 로마법을 따르니까요! 오늘은 저랑 자리하셨으니 제 방식대로 함께 드셔 보세요. 달달해서 의외로 맛나실 거예요."

"하하하. 저도 이런 거 좋아합니다. 일하다 보니 남자들끼리는 이런 데 오는 게 익숙하지 않아서 그렇지요. 잘 먹겠습니다."

나는 사장님과 동시에 커피를 한 모금 마시며 대화를 이어나갔다.

"사장님, 하고 싶다고 해서 사업이 항상 잘 되는 것은 아니잖아요. 저는 지금까지는 대출 없이 버텨왔는데 어떤 분들은 대출도 사업하는 사람에게는 재력의 일부분이라고 하는 분들도 있더라고요."

"그렇지요. 자기 돈 가지고만 할 수 있다면 그런 사람들은 큰 부자지요. 허허허."

"생각보다 돈이 없는 깡통 부자 같다고 느낄 때 사람들은 제게 상처를 주었어요. 그게 저만 느낀 열등감이었을까요?"

"원장님! 저도 누구한테 빚지고 꾸러 돌아다니는 사람이 아니라서 주변에 힘들다고 손 벌리는 후배들도 많고 공사대금 안 주면서 자기들 쓸 건 다 펑펑 쓰면서 제 욕하고 돌아다니는 나쁜 놈들도 나를 친구라고 떠들고 다녀요. 가만히 있으면 사람을 더 무시해서 더 덤벼들어요."

예정한 1시간이 벌써 지나고 있었다. 류 사장님도 오랜만에 이런 허심탄회한 대화자리가 좋으셨는지 인생살이 쓸쓸했던 경험들을 정말 오라비처럼 말해 주었다. 나는 때로는 그 이야기 속에 빠져들어 욱하고 화를 내는 말로 함께 열 받고, 안타까운 탄식을 내뱉기고 하고, 맞장구를 치면서 활짝 웃으면서 즐거워했다.

"원장님! 친구들이 살면서 힘들다고…… 정말 힘들어서 딱 죽고 싶다고 술잔을 앞에 놓고 저한테 하소연하면, 저는 다 들어주고 있다가 마지막에 이 말을 해 줍니다."

숨을 한번 고르고 나서 더욱 깊어진 눈빛으로 류 사장님은 조용히 나를 바라보았다.

"나는 뇌성마비 딸을 키우고 있어!"

쿵 하고 마음에 커다란 돌 하나가 떨어지는 것 같았다. 소리는 들리는데 감전된 사람처럼 아무것도 할 수 없었다.

"그 말을 듣는 친구들도 지금 원장님처럼 그런 표정을 짓지요. 그럼 제가 그래요. 나랑 내 아내는 그 딸을 지키고 키워야 해. 세상에서 힘든 일? 그런 건 오늘 안 되면 내일 다른 일로 바뀌볼 수도 있는데 내 딸은 우리가 그렇게 할 수도 없는 거잖아. 너는 그런 일을 겪는 것도 아닌데 힘내라 이 자식아! 그럽니다. 허허."

류 사장님은 또다시 맘씨 좋은 아저씨처럼 웃음으로 말을 끝냈다. 그 모습을 바라보던 시야가 흐려졌고 눈물이 흘러내렸다. 내 눈물에 놀란 사장님은 연신 자신은 괜찮다며 울지 말라고 말했고, 나는 얼른 고개를 돌렸다.

"원장님은 제가 몇 번 뵙지는 못했어도 사업을 아주 잘하고 계시는 것 같아요. 또 힘드시거나 제가 도울 일이 있거들랑 언제든지 말씀하세요."

"네, 사장님! 오늘 사장님 말씀을 듣고 나니 제가 손톱 밑에 가시 같지도 않은 티끌 하나 만난 것 가지고 엄살을 부렸네요. 좋은 말씀 감사해요. 정말 큰오빠랑 이야기 나눈 것처럼 즐겁고 좋았습니다."

나는 그날 이후 내 슬픔은 슬픔 축에도 끼지 못하는 것에 감사하며 기도했다. 아직도 내게는 부모님이 건강하게 살아계시고, 무슨 일이 생기면 가장 먼저 달려와 줄 우애 깊은 형제들이 있으며, 사랑스런 딸과 건강하게 지내고 있다. 되돌아보니 감사할 것들이 지천으로 넘쳐난다.

"하나님, 감사합니다!"

나는 가족을 위한 기도를 간절히 드리면서, 류 사장님의 가족에 대한 기도, 건강과 사업이 소망 중에 더 창대해지기를 함께 빌었다. 그 슬픔이 더 깊어지지 않기를 간절히 바라고 내 하루하루가 범사에 감사함으로 가득 차기를 신실한 마음으로 기원했다.

06

슬픔도 힘이 된다는
것을 깨닫는 것

만약 내가 장수할 것을 알았더라면,
나 자신을 좀 더 돌보았을 것이다.
– 《일하지 않는 즐거움》 중

모두가 들떠서 밀레니엄이라고 부르던 2000년이 내게는 기억
에서 지우고 싶을 만큼 처참한 절망과 치열하게 싸웠던 한 해다.

그해 여름, 나는 서울에서의 모든 살림을 정리해서 인천의 18
평 남짓한 작은 아파트로 짐을 옮겼다. 3년간의 결혼생활을 정리
한 것이다.

아무도 모르게 이사한 그날, 나는 물 한 모금, 밥 한 끼도 먹지
않은 채 흘려보냈다. 가족들도 만나기 싫어서 아무에게도 알리지
않았고, 나 또한 불 꺼진 집안에서 우두커니 앉아 있었다. 자존심
도 상했고, 불행한 내 인생이 서글펐다. 사랑받지 못한 여자가 되
어 홀로 남겨진 것이 비참했다. 빛도 들지 않는 골방에 이삿짐들
은 너부러져 있었지만 개의치 않았다.

100 · 나도 가끔은 위로받고 싶다

참다못해 찾아온 친정엄마가 문을 두드려도 나는 열어주지 않았다. 누구라도 마주하면 이 수치스러움에 무슨 짓이건 할 것만 같았기 때문이다. 가족들은 내 자존심을 챙겨 주었다. 문을 열어주지 않는 나를 체념한 듯 문밖에 먹을 것과 과일들을 봉지에 담아 문고리에 걸어 놓고 돌아가기도 했다.

빛 한줌 들어오지 않는 방에서 나는 서러움이 울컥 몰려오면 이불을 뒤집어쓰고 구토증이 날 때까지 엉엉 울었다. 입이 마르고 눈이 팅팅 부어서 권투시합에서 처참하게 KO패 당한 선수처럼 몰골이 흉측했다. 먹는 게 없음에도 소변이 마렵다는 사실에 신기해하며 나는 화장실에 소변을 보러 가는 것 이외에는 이불 속 무덤에서 나올 줄 모르는 시체 같이 살고 있었다. 해가 뜨는지 날이 저물었는지 알 수 없었지만, 어느 날 아침 눈을 뜨자 직감적으로 오늘이 주일이란 사실을 알 수 있었다.

날짜를 본 것도 아니었다. 하지만 오늘은 분명 일요일이었다. 나는 세수를 하고 모자를 깊이 눌러쓰고 가장 큰 재킷을 둘러 입었다. 거울에 비친 내 모습은 굴러다니는 드럼통처럼 빵빵한 얼굴에 생기 없는 눈동자만 굴리는 병든 환자 같아 보였다.

힘없는 발을 질질 끌고 도착한 교회에서는 찬송가 소리가 들려 왔다. 눈물이 쏟아지기 시작했다. 올라갈 용기는 좀체 생기지 않았다. 계단에 걸터앉아 아버지의 설교를 들었다. 기도 소리, 찬송 소리를 들었다. 마지막 축도 소리의 피아노 반주가 들릴 때 나는 몸을 일으켜 건물 밖으로 나왔다.

평생을 강요받듯 지키던 주일이 그토록 가기 싫던 그 예배가 이렇게 애타게 그리울 줄은 미처 몰랐다. 환자처럼 또다시 집으로 돌아와 성경을 들었다. 마음이 너무나 우울하여 시편을 펼쳤다. 눈물이 앞을 가려 성경 구절은 눈에 들어오지도 않았다. 성경책에 얼굴을 묻고 또 마른 숨이 나올 때까지 한참을 울었다.

몇 날 며칠을 그렇게 살았다. 차라리 슬픔이 바닥까지 닿아서 더 이상 내려갈 곳이 없을 때까지 울고 기도하고 또 울다가 성경을 읽고, 망연히 앉아 왜 이런 일이 내게 일어나고 있는지 생각하다가 또 설움에 복받쳐 울어댔다.

눈물이 말라 갔다. 그리고 더 이상 왜냐고 하늘에 대고 묻지 않게 되면서 나는 일기를 썼다. 아침에 눈을 뜨자마자 생각나는 것부터 모두 다 빠짐없이 써 내려갔다. 머릿속의 생각들을 노트에 빼내지 않으면 머리가 터져버릴 것 같아서 생각나는 것을 털어냈다. 나는 제대로 다시 살아야 했기 때문에 앞으로 살아날 방법을 강구해야 했다.

노트에 써 내려간 것들은 다시는 읽지 않았다. 과거의 기억들을 의도적으로 다 싹 쓸어 모아 없애고 10여 일이 지난날부터 더는 서럽게 울지 않았다. 문득문득 밀려드는 상념까지는 막을 방법이 없어서 언젠가는 멈추리라 생각하며 고스란히 슬픔을 방치했다.

생각나면 생각나는 대로, 잊히면 잊힌 대로 그렇게 나는 서서히 기운을 차리고 있었다. 친정엄마를 다시 만나 얼굴을 마주할 때도 나는 눈물 한 방울 흘리지 않았다. 3년 내내 행복한 척 살았던 내 가식이 싫었던지 나는 제 발로 걸어 들어온 슬픔이 제멋대로 나를 잡아 흔들도록 내버려 두었다. 지금은 나를 흔들지만 계속 흔들리게 두지는 않을 거라 다짐하면서 실컷 나를 농락하게 내버려두었다.

의외로 나는 불행과 더 잘 어울렸던 것인지 슬픔과의 동거가 전혀 어색하지 않았다. 노트에 써 내려간 나의 불행들은 마치 이 세상에 태어나 내가 과연 행복했던 적이 단 한 번이라도 있었는지 의아할 정도였다. 신기하리만치 조각이 딱딱 맞게 불행했던 날들만을 기억해내며 나는 세상에 둘도 없는 비련의 여주인공이 되어 있었다.

어느덧 해가 바뀌고, 한 부모 모자(母子)가정의 세대주가 된 내 앞으로 구청에서 보낸 식용유 세트가 지급되었다는 소식이 전해졌다. 기가 막혔지만, 현실을 직시하기 위해 계산3동사무소로 찾아갔다. 관련된 서류를 들고나와 사인을 받던 담당 직원은 내 필체를 보고 감탄하며 이것저것 물었다. 이야기 끝에 내가 중·고등학교에서 과학을 가르친 교사였다는 사실을 듣고 흥미롭다는 눈빛으로 대뜸 이렇게 물었다.

"그럼 교원자격증을 가진 분이셨네? 혹시 주민 아동들을 위해 과학교실 맡아서 가르칠 수 있겠어요? 우리가 지역 아동교육을 위해 서예교실이랑 그런 걸 하는데…… 만약 김신미 씨가 과학교실을 가르쳐줄 수 있다면 실험 도구랑 재료들은 지원해 드릴 겁니다. 어떠세요?"

예상치 못한 제안에 나는 어안이 벙벙했지만, 누구보다 가르치는 일에 소명을 다하는 나는 어쩌면 좋은 기회일 수도 있다고 생각했다. 희망이 생겨나기 시작한 것이다.

내 고등학교 시절 물리 선생님을 똑 닮았던 담당 직원 김 주사님은 오 주사님과 함께 2년에 걸쳐 주민 아동센터의 과학교실을 맡아 수업 지도를 했다. 동주민들의 초등학생 자녀들을 대상으로 나는 전직 중·고등학교 교사였던 경력을 살려 획기적인 과학실험 수업을 진행했다. 이로 인해 계산3동은 이미지도 좋아졌고, 나는 그 공로를 인정받아 그해 인천시장으로부터 "우리 동네 일꾼"으로 선정되어 모범 표창을 받았다.

교사가 나의 천직이라 여겼던 나는 아이들을 가르치는 일을 다시 시작하게 되자 생기를 찾아갔다. 더구나 모자가정의 열악한 상황에서도 귀감이 되는 '장한 어머니'임을 인정받아 당시 최기선 인천 시장과 계양구청장으로부터 각각 모범 표창을 두 차례 더 수상하는 영광을 누렸다. 홀로서기가 아니었다면 있을 수 없었던 일들이었다.

이열치열(以熱治熱). 열을 열로써 다스린다는 말이다. 나는 내 슬픔을 더 승화시키고, 부각함으로 맞부딪히는 이열치열의 방법으로 슬픔을 없애는 중이었다. 그 슬픔의 존재를 애써 일부러 잊으려 노력하지 않았다. 그저 그 슬픔을 직시한 채 그것마저도 내게 인생의 교훈을 남겨주도록 뼈아프게 배워 나갔다.

애절한 목소리의 대표적인 보컬, 김범수는 6집 앨범에 수록된 〈슬픔활용법〉이란 곡에서 이렇게 노래한다.

잊은 듯이 다 나아진 듯이 마음 잔잔하게 살아가다가
문득 아무 이유 없이 모래를 삼킨 듯이 가슴이 먹먹한 날이 있지.

나는 살면서 슬픔을 참는 연습을 너무 많이 했다. 그래서 더욱 열렬히 행복하길 원했다. 그래서 영화도, 책도, 심지어 나의 삶까지도 해피엔딩 스토리만 선택해서 읽고 싶었다. 그러나 인생의 수레바퀴는 내가 원하는 방향으로만 굴러가지 않았고, 이륜, 사륜마차의 바퀴처럼 함께 굴러가고 있었다. 마른 땅만을 깨끗하게 달리고 싶지만, 마음과는 달리 자갈길도 달리고, 진흙탕 길도 넘어가고, 푸른 풀밭 위도 달려야만 한다. 돌부리에 걸려 펑크도 날 수 있고, 진흙탕이 튀어서 더러워지기도 할 것이며, 보기 좋은 푸른 풀밭 위를 달린다 해도 바퀴에 묻는 풀잎의 녹(綠)빛까지 묻지 말라 막지 못한다.

슬픔도 분명 그 의미가 있다면 순응하여 내 인생을 만드는 필요조건으로 받아들이면 된다. 그 슬픔에 대해 분석하고 잘 메모하여 또 다른 슬픔을 해결하는 해결책을 만들어 내는 것이다.

수많은 슬픔의 시행착오를 겪다 보면 내 삶을 더 감사하게 되고, 절망 또한 이겨낼 지혜를 얻게 될 것이다.

07

더 이상 상처받지 않고
까칠하게 살아가기

시간은 평생을 기다려 주지 않습니다.
남의 인생을 사느라 제한된 시간을 허비하지 마세요.

– 스티브 잡스

"너무 그렇게 까칠하게 굴지 마요!"

"제가 까칠하다구요?"

"지금 이런 게 까칠한 거지. 내 참!"

얼마 전 지인을 통해 소개받은 한 남성이 술 한잔 하자는 제안을 정중히 거절하자 바로 내게 까칠하다고 쏘아붙이며 빈정댔다. 중년의 나이가 되어서도 매너조차 갖추지 못한 남자의 행실에 순간 불쾌했다. 아마도 거절에 대한 반감이 무례함으로 튀어나왔으려니 하고 빨리 잊고 싶었다.

수업 준비하던 컴퓨터의 화면을 바꿔서 '까칠하다'란 단어를 포털 검색창에 쳐봤다. 피부나 털이 윤기가 없고 매우 거칠거나 성질이 부드럽지 못하고 까다롭다는 뜻이었다.

이 두 가지 뜻이라면 남성은 나를 본 적이 없으니 '성질이 부드럽지 못하고 매우 까다롭다'는 의미로 말했을 것이다. 그럼 무조건 술 한잔 하자는 말에 날름 좋다고 해야 하는가? 절친한 지인들과도 자주 갖지 않는 술자리를 생면부지 남자와 해야 된다는 점도 싫었지만, 처음 연락해서 자신이 한의사인데 왜 그리 까칠하게 구냐는 그의 태도에 화가 났다. 한의사는 무조건 반기면서 만나야 하나? 뭐가 그리 그 남자에게 자신감을 심어줬는지 모르겠지만 내게는 무뢰한으로밖에 안 보였다.

영국의 작가 제인 오스틴이 스무 살 때 쓴 소설 《오만과 편견》은 1813년 출간되어 영국의 가장 위대한 명작 중의 하나로 사랑받고 있는 작품이다. 남주인공 다아시의 첫인상이 오만함에 반감을 품은 여주인공 엘리자베스는 나쁜 첫인상으로 인해 편견이 굳어져 그와는 절대 결혼하지 않겠다고 다짐한다는 내용이다.

영화로도 책으로도 너무나 재미있게 봤던 작품이었다. 그렇지만 일상생활 속에서 사람들이 내게 엘리자베스와 같은 선입견을 들이댈 때마다 억울할 때가 많았다. 그래서 나는 상대가 일방적인 선입견을 표출할 때면 너무 매너 없는 사람이라 느껴져서 피하고 싶어진다.

"딩동!"

문자 알림이 울렸다. 열어보니 그 한의사를 소개한 지인이다.

만나기로 약속을 잡았냐는 내용이었다. 남자가 술자리를 제안해서 거절했다고 답장을 보내니 바로 전화벨이 울렸다.

"야! 그 남자 한의사야. 술자리 밥자리 따지면서 왜 거절을 해?"

"언니, 그 남자가 나보고 까칠하대! 뭘 보고 예의도 없이 첫 통화에 까칠하다 그래? 그런 남자는 한의사가 아니라 의사 할애비라도 싫어."

"니가 까칠한 건 맞지 뭘 그래. 그렇게 융통성 없이 사니까 까칠한 여자 소릴 듣지!"

"언닌 지금 누구 말을 듣는 거야? 아니 내가 술을 못 마실 수도 있는 건데, 처음 연락했으면 차를 마시자던지, 아니면 간단하게 밥을 먹자던지 뭐 그렇게 말을 물어야지! 다짜고짜 술 한잔 하자는 게 그게 옳아?"

"누가 너보고 의사 할애비 만나래? 한의사니까 아까워서 그러지!"

지인까지 기름을 부어대자 나는 속사포로 불편한 심기를 다 드러냈다. 잘나가는 한의사를 놓쳤다고 아쉬워하던 그녀는 세상을 뭐 그리 빡빡하게 사냐고 투덜대면서 통화를 끊었다.

내가 그 남자의 오만함에 편견을 가졌던 걸까?

나는 《오만과 편견》의 원작을 읽으면서 여자주인공 '엘리자베스'보다 남자주인공인 '다아시'의 매력에 더 빠져 있었다. 나는 남성이 자기 일과 생활에 철저해서 풍기는 '오만함'을 상당히 매력적이라고 믿는 여자다. 하지만 그런 남자들을 애석하게도 많이 본 적은 없다.

재미난 예를 하나 들자면, 여성과 남성 각각 100명에게 거울을 보고 자신의 외모에 대한 만족도를 묻는 설문에서 여성은 80% 이상이 자신의 외모에 만족하지 않는다고 말한 반면, 남성들은 90% 이상이 자기 정도면 꽤 괜찮은 외모를 가졌다고 말했다고 한다. 자신이 장동건 같은 미남은 아니지만, 자기가 절대 못생긴 건 아니라는 응답과 함께 훈남이라고 답했다고 한다.

일주일이 지난 후 저녁 시간 때쯤, 그 한의사에게서 다시 한 번 전화가 왔다. 수업 준비에 한창이었는데, 전화벨이 울리면서 모르는 번호가 떴다. 이 시간이면 학부모들의 지각 또는 결석 알림 전화가 가끔 걸러 오기도 해서 나는 급히 전화를 받았다.

"아, 김신미 씨. 이번엔 빨리 받으시네요."

"네? 실례지만 누구세요?"

"저 한의사 P입니다."

"네?"

한의사라고 자신을 밝히면서 나와 엄청 친한 척하는 그의 태도가 또 거슬렸다. 약간 짜증이 밀려왔다.

"아, 네. 안녕하세요? 근데 이 시간에 어쩐 일이세요?"

"오늘 저녁 시간 어떠신가 해서요. 저는 지금 퇴근을 했는데 혹시 시간 되면 저랑 식사나 하시자고⋯⋯ 나는 밥보다는 술 한 잔이 더 땡기지만 말입니다."

"저, P선생님. 제가 지금 수업 중이라서 곤란할 것 같아요. 저는 수업이 10시에 끝나요. 죄송합니다."

"어, 거참. 원장님이라 수업은 강사들이 할 텐데 또 튕기시네. 그냥 한번 얼굴이나 좀 봅시다. 무슨 이팔청춘도 아니고, 내가 두 번이나 만나자고 전화한 여자는 김신미 씨가 첨이에요. 나, 싫다는 사람 만나달라고 매달릴 만큼 그렇게 매력 없는 남자 아닙니다. 저 놓치시면 큰 실수하시는 겁니다."

도저히 이런 남자의 전화는 예의를 갖춰 받고 싶지가 않았다. 내가 엄청난 실수를 하는 건지 어쩐지는 알 수 없지만, 이렇게 구토증 나오게 싫은 상대를 만나본들 무슨 반전 매력을 볼 수 있을까 싶었다. 내가 이 남자 말대로 큰 실수하는 거라면 내 운명에 한의사와는 만날 운은 없는 거로 치면 됐다. 대꾸하고 싶지가 않아서 말을 하지 않고 있자 남자가 내 이름을 연거푸 불러댄다.

"김신미 씨? 여보세요?"

"정말 죄송한데요. 제가 맡은 수업이 고등부라 10시가 넘어야 끝나서 도저히 못 볼 것 같습니다만⋯⋯ 그리고 P선생님, 저는 술을 한 잔도 못 마셔요. 술친구는 아무래도 다른 분을 찾으시는 게 좋으실 것 같아요. 저는 P선생님과 어울리는 사람이 아닌 것 같습니다. 죄송합니다. 아이들이 기다려서 이만 끊어야 할것 같아요. 그럼 들어가세요. 죄송합니다."

"아…… 네!"

나는 통화를 끊고 어깨를 한 번 부르르 떨었다. 그리고 휴대전화를 원장실 테이블 위에 충전기를 꽂아둔 채 교실로 들어갔다. 한 시간 동안의 수업을 마치고 쉬는 시간에 돌아와 휴대전화를 열어 본 나는 심장이 벌렁거렸다. 그 한의사 남자의 번호로 문자가 17통이나 들어와 있었다. 순간 소름이 확 끼치면서 휴대전화를 소파 위에 던져 버렸다. 직감적으로 기분이 안 좋은 게 욕설이 들어있을 것 같아서였다. 나는 그대로 놔둔 채 다음 수업에 다시 들어가 버렸다.

은근히 겁이 많은 나는 그냥 사는 동안 무조건 선하고 좋은 사람들만 만났으면 좋겠다. 하지만 어디 그게 내 맘대로 되겠는가? 그래도 나는 항상 내가 만나는 사람들이 선한 일을 하는 좋은 사람들만 만나게 해 달라고 하나님께 기도한다.

모든 수업을 마친 뒤 퇴근준비를 하면서 충전이 다 된 휴대전화를 뽑아들었다. 몇 개의 문자가 더 들어와 있고 부재중 전화도 5통이나 더 와있었다. 물론 그중에 그 한의사 남자의 부재중 통화도 2통이나 들어 있었다.

아까와는 달리 이제는 겁나는 마음보다 화가 치밀어 올라서 문자 내용들을 하나하나 찬찬히 살펴봤다. 예상대로 내가 전화를 끊고 수업을 들어간 바로 첫 문자에는 자신을 거절한 것에 대한 분노를 10대들이 쓰는 욕설과 함께 장문으로 들어와 있었다. 읽어 볼 가치도 없는 문자들이었다. 아마도 거절에 대한 피해의식이 너무 깊은 사람처럼 보였다. 읽어 봐야 기분만 나쁠 것 같아서 마지막 문자 하나만 더 열어봤다. 보내온 시간을 보니 거의 1시간 47분 동안 내게 20통이 넘는 문자로 실컷 욕을 하고 속이 풀렸는지 마지막 문자에는 자신이 너무 흥분해서 쓴 표현들을 용서해 달라며, 문자보고 많이 화가 났을 테니 직접 통화를 하고 싶다고 쓰여 있었다. 아마도 그 문자 후에 부재중 통화를 두 번 더 한 듯했다.

흥분해서 제정신이 아니었다가 문자 분풀이로 다 쏟아내고 나니 정신이 좀 돌아왔나 보다. 수업에 들어가 있었던 게 얼마나 다행이었는지 하나님께 감사했다. 나는 혹시나 또 무의식중에 통화가 될까봐 스팸 번호로 저장을 하고 그 남자의 보내온 문자를 캡처해서 한의사 아깝다고 한탄을 하던 지인에게 묶어 보내면서 한마디 덧붙였다.

"언니! 내가 언니 말대로 너무 까칠해서 이런 남자들이 열 받는다는데…… 언니는 사랑하는 후배가 이런 거지발싸개 같은 문자 받고 상처받는 게 좋겠어? 아니면 차라리 더 까칠한 게 좋겠어?"

인생을
절반쯤 왔을 때
깨닫게 되는 것들

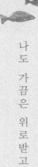

나
도
가
끔
은
위
로
받
고
싶
다

01

지금은 가장 뜨겁게
살아야 할 때

내가 줄 수 있는 것은 오직 피와 수고,
눈물과 땀뿐이다.

– 윈스턴 처칠

문화체육관광부는 광복 70주년을 맞아 진행한 '한국다움' 찾기 낱말 이벤트에서 '오늘의 대한민국을 담아낼 수 있는 단어'로 〈열정〉, 〈한글(훈민정음)〉, 〈아리랑〉, 〈김치〉, 〈한복〉, 〈케이-팝〉, 〈아이티(IT) 강국〉, 〈한류〉 등이 선정됐다.

그중에서 〈열정〉은 '현재'의 한국다움을 나타내는 1위 키워드로 꼽혔다. '미래'의 한국다움을 나타내는 키워드에도 3위, '과거'의 한국다움 키워드에도 8위를 차지했다. 그러고 보면 〈열정〉은 과거나 지금, 그리고 앞으로의 미래 대한민국을 만들 원동력이라 할 수 있겠다.

나라의 현재, 과거, 미래를 만들어 갈 키워드라면 인생을 '인생다움'으로 만들어 줄 키워드 역시 〈열정〉이 아닐까? 과거의 나를 꼿꼿하게 세워준 것도 이 〈열정〉이었고, 미래의 나를 쓰러지지 않게 지탱해 줄 그것도 〈열정〉일 것이다.

나는 매일 아침마다 마음으로는 열정으로 하루를 시작하리라 수없이 다짐한다. 하지만 똑같은 일상 속에 똑같은 사람들과 마주하게 되면 뜨거운 열정은커녕 미지근한 온기라도 있으면 다행이라 여기게 된다. 새로운 열정으로 무엇인가를 도전하는 주변을 만나면 '저 사람은 뭘 먹기에 저리 에너지가 넘칠까?' 궁금하다. 이럴 땐 그저 폭죽에 매달린 한쪽 실 끝을 잡아 터뜨리기라도 해서 불꽃이 일어났으면 하고 바랄 때가 많다.

지난 11월 6일 발레리나 강수진이 슈투트가르트 발레단과 함께 은퇴작 〈오네긴〉을 연기했다. 〈오네긴〉은 〈까멜리아 레이디〉, 〈로미오와 줄리엣〉과 더불어 강수진의 드라마 발레를 대표하는 작품이다.

"몸이 피곤한 날 도저히 못 할 것 같다는 생각이 들다가도 일단 토슈즈를 신고 연습실에 서면 말할 수 없이 행복했다. 발레를 하면 거의 매일 아프기 때문에 통증을 친구로 여기게 되었다. 힘든 게 내게는 보통이다. 나는 '쉰다'는 단어 자체를 싫어한다. 밥 먹을 때나 잠잘 때를 빼고는 움직이는 걸 좋아한다. 쉬는 것은 나중에 무덤에 가서도 얼마든지 할 수 있다. 동료들은 나를 머신(기계)이라고 부른다. 나는 근육 하나를 키우기 위해 엄청 많은 노력을 했다. 3일, 5일 연습하고 힘들다고 쉬는 것은 무엇인가 되려고 하는 사람에게는 안 될 행위다. 여기가 끝이고 이만하면 됐다고 생각할 때 그 사람의 예술 인생은 거기서 끝나는 것이다."

120%의 피나는 연습과 노력을 기울여 '프리마 발레리나'로 불리는 강수진다운 말이다.

1967년에 태어난 강 수진은 1986년 19세의 나이로 슈투트가르트 발레단에 최연소 무용수로 입단한다. 발레단 생활을 하면서 '동양인이 발레를 제대로 할 수 있을까?'라는 편견을 깨기 위해 그녀는 '연습 벌레', '머신', '강철 나비'가 되었다. 발레리나 강수진에게는 '동양인 최초'라는 수식어가 붙는다. 수년 전 기형적으로 변해 버린 강수진의 발 사진이 〈세계 프리마 발레리나 강수진의 발〉이란 이름으로 세상에 공개되었을 때 발레를 모르는 많은 사람들도 그녀의 열정에 큰 감동을 받았다.

상담할 때와 수업할 때 나의 표정, 억양, 말투, 미소, 자세는 완전무장한 전사처럼 완벽한 워킹우먼이 된다. 학원에서 만나는 모든 사람들은 나의 흐트러진 모습을 볼 수가 없다. 그것은 나의 원칙이자 행동강령이기 때문이다. 나는 언제나 정장 차림으로 수업을 한다. 하이힐과 압박 스타킹을 신고, 허리를 쭉 펴고 칠판 앞에 서서 1시간 동안 화통이라도 삶아 먹은듯한 목소리로 쩌렁쩌렁하게 강의한다. 끝나고 나면 귀가 멍멍해지고 목이 아파온다. 10분의 쉬는 시간 동안 원장실 의자에 앉아 젖은 빨래처럼 늘어져 있다가 다시 수업이 시작되면 또 반복한다. 이렇게 하루에 5~6시간을 달리고 나면 신발에는 땀이 차고 발가락은 앞으로 쏠려 엄청난 통증이 발바닥으로부터 몰려온다.

'옷을 좀 편하게 입으면 되지!', '신발을 누가 그런 걸로 신으라고 했나?' 할지도 모르겠지만, 발레리나 강수진에게 발이 불편하니 토슈즈를 말랑한 덧신으로 갈아 신으라면 말을 들을까? 축구 스타 박지성에게 축구화를 벗고 뛰라면 뛰겠는가? 내게 강의하는 복장은 제자들과 만나는 의식이라서 정장이 당연하다. 나는 그 원칙을 20여 년간 단 한 번도 어긴 적이 없다.

몇 년 전 수술 후 퇴원해 돌아와 휠체어를 타고 한 달간 수업을 할 때조차도 휠체어 속 나의 의상은 검정 스타킹에 단정히 정장을 입은 모습이었다. 내 강의 열정이 30대에는 대나무처럼 곧고 냉정한 이성적인 열정이었다면, 40대의 열정은 감성적인 불꽃의 캠프파이어에 오랫동안 불을 지펴줄 참나무 장작에 비유하고 싶다.

어린 시절 나는 곧게 뻗어 올라가는 대나무를 좋아했다. 그래서 죽순나물을 보면, 마치 대나무가 태어나자마자 데쳐 먹는 것 같아서 죽순나물을 먹지 않았던 제법 개념 있는 소녀였다.

대학시절 교문에서부터 본관까지 교정을 가로질러 심어 있던 메타세쿼이아의 기품에 반해서 나의 나무로 정해버렸다. 대나무처럼 하늘을 향해 청록을 띠고 곧게 자라지만, 가을에 낙엽이 질 때면 새의 날개처럼 잎이 떨어지는 모습이 아주 기품 있고 우아한 나무다. 요즘은 드라마 〈겨울연가〉의 유명세로 많은 사람들에게 알려졌지만, 당시만 해도 메타세쿼이아는 희귀하고 어려운 발음만큼이나 이름을 알고 있는 사람들은 많지 않았다. 그렇게 나는 소나무가 아닌 희귀한 이름의 나무를 좋아하는 별난 여학생이었다.

나의 버킷리스트에는 '전 세계의 메타세쿼이아 명소 여행하기'가 쓰여 있다. 메타세쿼이아의 고향인 미국 플로리다 주의 미시시피 강을 따라 견학하고 싶고, 중국의 명소도 가보고 싶다. 가깝게는 우리나라의 담양과 순창을 잇는 메타세쿼이아 길을 달려가 보고 싶고, 남이섬으로 들어가 사랑하는 사람과 손을 잡고 산책길을 천천히 오래 걷고 싶다. 작은 소망은 이곳들의 사계절을 카메라에 담아 간직하는 것이다.

내가 좋아하는 세계적인 성공학 연구자이며 작가인 나폴레온 힐은 이런 말을 했다.

"모든 성취의 출발점은 열망이다. 이를 명심하라. 약한 불이 미약한 열기를 주듯 열망은 미약한 결과를 안겨준다. 가장 열광적인 꿈을 꿔라. 그러면 열광적인 삶을 살게 될 것이다."

또한 영국의 극작가인 윌리엄 셰익스피어는 열정에 대해, "마음이 즐거우면 종일 걸어도 싫지 않으나 마음에 근심이 있으면 잠깐을 걸어도 싫증이 난다. 인생행로도 이것과 마찬가지이며 언제나 명랑하고 유쾌한 마음으로 인생을 걸어야 한다."라고 말한다.

엄청난 열정의 화가 빈센트 반 고흐는 "지루해서 죽기보다는 차라리 열정으로 죽겠다."는 말을 남겼다. 그의 삶은 열정 그 자체였다. 학창시절 나는 고흐가 열정적이다 못해 광기 어린 삶을 살다간 미친 사람 같아 눈살을 찌푸리기도 했다. 하지만 내가 중년의 나이에 들어서고 나니 이런 열정을 품고 사는 기인들의 예술혼에 감탄하여 민숭민숭 살던 내 인생의 자세를 곧추세우게 되었다.

"그래! 지금은 내가 살아있는 시간이야. 바로 그날이다!"

누군가의 시선에 흔들거리는 인생이 아니다. 주변의 평가에 나자신을 폄하해서는 안 된다. 그들은 그들의 인생을 살고 있는데 왜 나에게 맞지도 않는 그들의 잣대 속에 내가 맞춰 살지 못했다고 소중하고 귀한 나를 홀대했을까!

가슴속에서 뜨거운 것이 배꼽으로부터 밀려 올라온다. 심장의 펌프질 소리가 점점 더 세게 차오름을 느낀다. 머릿속이 맑아진다. 내가 '나'임이 자랑스럽다. 아직도 나의 마음속에는 해 봤던 일들보다 해 보고 싶은 일들이 너무 많이 있다. 나는 아직 건강하고 다행스럽게도 내 나이보다 더 젊게 보인다는 것도 감사할 일이다. 이제는 눈치 보고 허락받아야 할 나이도 아니란 사실이 또 나를 즐겁게 한다.

무심코 흥얼대던 나는 뮤지컬 〈지킬 앤 하이드〉의 유명한 명곡 '지금 이 순간'이 튀어나왔다. 그리고 휴대전화 음악 폴더를 열어 나를 응원해 줄 가장 멋진 응원군을 불러냈다. 멋진 나의 뮤지컬 스타 '홍광호'의 굵직하고 믿음직스러운 음색으로 나는 "지금 이 순간"을 거의 스무 번째 무한 반복 중이다.

지금 이 순간 나는 뜨거운 열정을 모아 모아서 더욱 몰입해 보는 인생의 한 장면을 오늘도 만들어 본다.

02

냉정하지 못하기
때문에 더 불행해진다

중년에 정말로 무서운 것은,
당신이 다 성장했다는 것을 안다는 것이다.
— 도리스 데이

아침부터 뉴스와 인터넷이 조선대 의학전문대학원 '폭행남 사건'으로 시끄럽다. 데이트 폭력 사건으로 가해 남성의 잔인한 폭력과 사건의 심각성에 비해 응당하지 못한 솜방망이 처벌을 내렸다는 사실에 사람들은 분노했다. 급기야 가해 남성의 강력한 처벌을 원하는 서명운동이 구글과 아고라 사이트를 통해 시작되었다.

〈한국 여성 전화 성폭력상담소〉 이화영 소장의 '데이트 폭력을 경험한 여성의 관계 중단 과정'에 대한 연구논문에 따르면 '데이트 폭력'이란 호감을 갖고 만나거나 사귀는 관계, 또는 과거에 만났던 적이 있는 관계에서 발생하는 신체적·정신적·언어적·성적·경제적으로 발생하는 폭력을 말한다.

최근 들어 미혼남녀 사이에서 발생하는 데이트 폭력 사건의 심각성이 사회에 큰 충격을 주고 있다. 폭행, 강간, 구타, 폭언, 협박, 살인 등 경악을 금치 못할 잔인하고 비인간적인 행위를 하는 남성들에게 속수무책 당하고 있는 여성들이 늘어나고 있다.

스킨십을 거부했다고 무차별하게 폭행당한 후 감금당한 A 씨는 결별 후 자신의 부모님과 형제들까지 폭행남으로부터 협박을 당해야만 했다.

대학원에 입학해 친하게 지내던 동기와 교제를 시작했다는 C 양은 평소 다정했던 남성과 2년간 호감을 갖고 지내던 중, 서로 마음이 통하여 본격적인 교제를 시작했을 때부터 남성의 의심증세로 인해 주변 사람들과의 일상적인 관계를 감시받았다. 섹스 동영상을 찍을 것을 강요하며 자신을 사랑함을 증명하라는 집요한 요구에 결국 동영상을 찍었다. 상대 남성은 그녀의 성기와 얼굴만 나오게 하는 방식으로 촬영해서 동영상 유포 협박과 폭행을 구사했다.

오랜 시간 협박과 폭행에도 헤어지지 못했던 이유는 매일 교실에서 얼굴을 봐야 한다는 것도 있고, 싸울 때마다 몇 시간씩 세뇌를 당했던 이유도 있었다. 가해 남성은 그녀가 맞을만하니까 맞은 거라는 말을 했고, 사과와 함께 잘해 줄 때는 언제나 더 지극 정성을 다했다는 말을 했다.

"꽃으로도 때리지 마세요!"

언젠가 탤런트 김혜자의 목소리로 들었던 공익광고의 애절한
대사다. 모성본능이 물씬 끓어오르는 엄마의 목소리로 '사랑스런
아이들은 아름다운 꽃이라 해도 절대 때리지 말라'고 말한다. 물
론 그 광고는 아동 폭력을 방지하는 광고였지만 폭력의 피해를 당
하면 남녀노소 누군들 아프지 않겠는가!

"원장님, 이거 세상이 왜 이리 미쳐가는 걸까요? 이런 놈들은
고추를 잘라버리든지, 때리는 손목을 잘라버리든지 해야 한다니
까요. 한 번 때린 놈이 두 번 못 때리겠어요? 처음이 무섭지 그다
음부터는 지 장난감인 줄 알고 여자를 개 패듯 팬다고요."

식사하러 들어온 식당 사장님은 TV 속 사건에 열변을 토하셨다.

"어휴, 이제는 딸자식이 언놈을 데려와도 걱정, 혼자 댕겨도 걱
정, 아니 무슨 놈의 세상이 갈수록 미쳐 날뛰는지…… 제 말이 안
맞습니까? 원장님, 그렇죠? 저놈 처벌도 뭐라더라…… 웃겨요. 유
전무죄 무전유죄 라더니 저놈 애비가 빵빵한가 봐요. 의사 될 놈
이라고 전도유망한 젊은이 앞길 생각해서 처벌이 그 뭣이냐……
암튼 뭐라던데 웃기지도 않아요. 아니 그럼 같은 의사 될 여자한

테 그런 몹쓸 짓 한 거는 어쩔 건지. 판사들도 지 딸년이 저런 일 당했어도 저놈한테 저렇게 판결했을까요? 초고추장은 옆에 있어요. 맛있게 드세요."

그렇게 혼자 말씀을 다 하시더니 내 대답은 듣기도 전에 주문한 회덮밥을 놓아주고 초고추장 병을 가리키며 자리를 옮겨 갔다. 못내 아쉬웠는지 TV에서 눈을 떼지 못하면서 이내 주방 아줌마 쪽으로 가 이야기를 이어나갔다.

"근데, 난 맞고 사는 여자들도 이해가 안 가. 왜 계속 맞고 그런 놈이랑 사는 건지…… 남자가 그렇게 필요한가? 나 같으면 차라리 혼자 살지. 야! 니 서방님은 요즘 술 좀 덜 드시냐?"

"우리 집 신랑 요즘 잘해. 언니는 애꿎은 남의 신랑은 거기다 왜 갖다 붙여?"

항의하는 주방 아줌마의 소리는 사장님의 쩌렁쩌렁한 목소리에 쏙 들어가 버렸다.

"이것아, 정신 차려! 너도. 그 인간 또 한 번만 니 얼굴에 손대면 내가 아주 식칼 들고 쫓아가서 손모가지를 잘라버린다고 꼭 전해! 알았어? 대답 안 해?"

"알았어! 언니도 참, 손님 계시는데 작작 좀 하시오! 좀!"

나는 마음속으로 '다음부터 이 식당에는 손님 없을 땐 절대 오지 말아야지!'하고 다짐하면서 밥을 먹자니 체할 것 같았다. 손님인 나는 안중에도 없는 그들의 대화가 멈추자 식당 안은 무서운 정적이 흘렀다. 내 숟가락질 소리밖에 들리지 않는 정적을 깨고자 나는 뜨거운 장국을 더 달라고 주문했다.

"야! 손님 없을 때 잔돈 좀 바꿔오고. 지금 병원 가서 약도 타와. 오면서 너 좋아하는 달달한 팥빵도 좀 사와라. 입이 쓰다. 지금 빨리 갔다 와! 좀 있으면 손님들 몰려올 시간이야. 그땐 너 못 나가. 빨리 갔다 와!"

주방에서 나오는 아줌마가 민망할까봐 나는 일부러 고개를 숙인 채 가게를 나갈 때까지 눈길을 주지 않았더니 사장님이 내 식탁으로 다가와 자리를 잡았다. 언제 확인했는지 모르지만 내 그릇이 비워지길 기다린 건지 커피를 내 앞으로 내밀면서 말을 꺼냈다.

"멀리 갈 것도 없어요. 원장님. 쟤가 지 남편한테 가끔 맞잖아. 어휴, 미안해요. 놀라서 밥이 어디로 들어갔는지도 모르겠지요? 커피 드세요. 원장님 커피 좋아하시잖아."

"감사합니다."

"초장에 딱 냉정하게 잘라야 해요. 괜히 속상해서 그랬겠지 하고 용서해주고 사과받아주면 안된다니까?"

"네?"

"저 집 신랑 내가 소개해줬는데 진짜 법 없이도 살만큼 착했어요. 근데 술만 먹었다 하면 온 집안을 부시고 지 마누라가 밖에서 고생고생 일하고 들어가면 언놈이랑 붙어먹다 왔냐고 입에 담지도 못할 더러운 말로 욕하고 때리고…… 근데 또 술만 깨면 무릎 꿇고 싹싹 빌면서 세상에 둘도 없이 지 마누라한테 잘해. 하이고~ 참! 꽃도 사다 주고…… 난 이날 이때껏 살아도 장례식장 국화 한 송이도 못 받아봤는데…… 아, 글쎄 지난번 재 생일날은 어디서 돈이 생겼나 아주 쌩 쇼를 합디다. 그 뭣이냐, 장미꽃에 5만 원짜리 지폐를 칭칭 감아서 100만 원을 꽃다발로 주더라니까? 그럼 뭐해. 어째 요즘은 잠잠하다 했더니 엊그제 또 난리가 나서 경찰들이 들어가서 뜯어말렸잖아요. 저것이 착해 가지고 애들 아빠데 어떻게 교도소 보내겠냐고 지 팔자라고 참고 산다는데. 내가 속에서 천불이 나! 내가 울 아버지 술주정에 신물 난 사람이라 딱 그런 놈들 심보를 아는데 초장에 확 미친 듯이 대들어서 못된 버릇을 잡아버리든지 도망쳐 나오든지 해야지, 절대 안 변해요. 남자들 손찌검하는 버릇은……."

아주머니는 잠시 생각하는 듯 시선을 옮긴 후 다시 나를 보며 이야기를 이어나갔다.

"여자들이 참아주는 게 그게 착한 것이 아녜요. 냉정할 땐 미친년 소리를 듣더라도 냉정해야지 안 그러면 맞아 죽어. 그게 더 큰 불행이지. 마누라 때려죽여 놓고도 사랑해서 그랬다는 말을 믿어? 미친놈들인 거지. 안 그래요? 맛있게 드셨어?"

절절히 모두 맞는 말이다. 나는 고개를 끄덕끄덕 수긍한 후 지갑을 열었다.

"6천 원이요. 안녕히 가세요."

확 확 바뀌는 사장님의 말투에 적응이 필요했다. 어쨌건 주방 아줌마가 돌아오시기 전에 이곳을 빠져나가는 게 옳은 것 같아서 나는 커피 한 잔을 빼 들고 학원으로 돌아왔다.

그날 이후 나는 가끔 가정폭력 사고 소식을 접할 때면 식당 사장님의 말을 떠올린다. 관계가 나빠질까봐 매몰차게 거절하지 못해서 상처받았던 수많은 일들, 그리고 그 후폭풍을 감당해야 했을 때마다 냉정하지 못해 겪었던 더 큰 불행이었다. 부부간 폭력이나 데이트 폭력을 당한 많은 피해여성들도 '처음에는 그런 줄 몰랐다', '용서를 빌면서 너무나 사랑한다'는 말에 냉정하게 대처하지 못해서 더 큰 불행이 생긴 것이다.

여성이 안전하고 행복하게 살 수 있는 사회가 오면 범죄율이 급감한다는 보고가 있다. 정말 바라고 소망하는 사회의 모습이다. 적어도 내 딸이 안전하게 살 수 있는 그런 세상이 되길 간절히 바랄 뿐이다.

어머니는 제대로 때를 맞추지 못해 잘못된 일을 할 때면 나의 우유부단함을 꾸짖으려 "부스럼이 살 된다니?"라는 말을 자주 하셨다. 부스럼 딱지는 절대 새 살이 되지 않는다. 그저 딱지가 생기면 그 딱지가 떨어지길 냉정하게 바라보면서 상처가 아물었을 때는 과감하게 떼어 내 버려야 시원하다. 오늘도 나는 내 어린 딸을 붙잡고 냉정하고 까칠하게 사는 것에 당당하라고 애정 어린 '엄마 학교 잔소리교육'을 한다.

03

결정은 원래
누구에게나 어렵다

실천하지 않으면 아무것도 이룰 수 없다.

– 마야 안젤루

"오늘은 뭐 먹을까?"

"난 짬뽕! 얼큰한 게 당기네."

"난 그럼 뭐 먹지? 짜장도 먹고 싶고 짬뽕도 먹고 싶은데……."

"그럼 짬짜면 먹음 되겠네. 뭘 고민하셔."

'짜장이냐 짬뽕이냐' 언제나 중식을 먹을 때면 겪는 전 국민의 고민을 한 방에 해결한 것이 짬짜면의 탄생이다. 1,000원~2,000원 더 값을 지불하고 먹는 짬짜면(짬뽕 짜장 반반), 볶짜(볶음밥과 짜장), 볶짬(볶음밥과 짬뽕)이 있다. 나는 이 결정 장애 증상이 꼭 탕수육과 함께 일어나서 동행하는 식사멤버들은 언제나 짜장면, 짬뽕을 탕수육과 함께 먹을 수 있었다. 그들에겐 즐거움이었겠지만 내 주머니 사정이 나쁠 때면 슬그머니 중식을 포기하고, 김밥 한

132 • 나도 가끔은 위로받고 싶다

줄로 메뉴를 갈아탔었다.

"언니, 이 옷 어때? 이 색깔이 나아, 아니면 이게 나아?"

"엄마, 이거 살까요? 저거 살까요? 이건 두 개 사면 수첩을 하나 더 준다고 하고, 저건 가격이 싼 대신에 딱 그 정도예요. 뭐가 더 나을까요? 골라 주세요."

"원장님, 이번에 우리 아이가 미국에 있는 이모네로 놀러 갈 기회가 생겼는데 학원을 등록하고 공부하다 일주일만 빠질까요? 아니면 이번 달은 등록을 하지 말고 쉴까요?"

"신미야! 우리 신랑 이거 여자 생긴 것 같지? 왜 이 인간 휴대전화에 비번을 걸어놨을까? 분명히 뭔 딴짓을 하는 것 같지 않냐? 너도 봤잖아. 그 카풀 한다는 여직원들. 머리 긴 애 같니? 아님 그 나이 좀 있어 뵈던 아줌마 여직원 같니?"

사람들은 아주 천차만별로 나에게 물어 온다. 내가 그걸 어찌 알겠는가. 결론은 벌써 자기 마음속에 만들어 놓고 왜 그 선택을 나한테 묻는 건지 알 수가 없다. 하지만 나도 똑같다. 무슨 일이 생기면 도무지 어떤 결정을 내려야 하는 건지 매 순간이 망설여진다.

"겨울의 찬바람을 피하기 위해 따뜻한 남쪽 지방으로 날아가던 철새 떼들이 첫날 밤 덴마크의 어느 시골 밭에 내려앉아 옥수수를 주워 먹고 있었어요. 배부르게 먹고 난 뒤 떠날 채비를 하고 있는데, 그 가운데 한 마리가 한사코 같이 떠나지 않고 하루만 더 쉬었다가 가겠다고 하는 거예요. 여기저기 널려 있는 맛있는 옥수수를 그냥 두고 떠나기가 싫었던 것은 친구 새들도 마찬가지였어요. 하지만 지금 따뜻한 남쪽으로 가지 않으면 안 된다는 것을 잘 알고 있었기 때문에 옥수수에 대한 생각을 버렸어요. 다음 날 한 마리의 새만 남겨 두고 친구 새들은 따뜻한 남쪽 나라로 날아갔답니다. 남아 있게 된 한 마리의 새는 '하루쯤인데, 어때?' 하는 안일한 마음이었어요. 그다음 날이 되어서도 새는 떠나지 않았어요. 그 많은 옥수수를 그냥 두고 가기가 아쉬워서, 옥수수를 주워 먹느라 피곤해서, 배가 불러서…… 이렇게 새는 날마다 이런 저런 핑계를 대며 미루는 버릇이 생겼지요. 어느덧 날씨가 추워져서 더 이상 머물러 있다가는 얼어 죽을 것 같았어요. 새는 길을 떠나려고 날개를 쭉 펴고는 힘차게 날갯짓을 해보았지만 아무리 날갯짓을 해도 몸이 뜨지 않았어요. 그동안 너무 많이 먹은 탓에 뚱뚱해져서 날 수가 없던 것이었습니다. 결국, 그 새는 날아가지 못한 채 눈 속에 파묻혀 죽고 말았답니다."

딸 소정이가 어렸을 때 자주 읽어주었던 동화책 내용이다. 이 동화 속에는 먹을 것을 편히 얻을 수 있는 환경에 안주하다가 떠나지 못해 죽어가는 새의 이야기가 있었다. 어린 딸은 구연동화를 해주는 엄마가 좋아서 "뚱뚱보 새는 바보야!"라고 말했고, 내가 뚱뚱보 새가 되어 추운 겨울 얼어 죽어가는 시늉을 내면 딸은 깔깔대며 좋아했었다.

오래전 TV에서 개그맨 이휘재 씨가 인생의 선택 상황을 두고 "그래! 결심했어!" 하면서 A 또는 B 플랜으로 재미있게 드라마를 풀어가던 오락 프로그램이 있었다. A를 선택한 후에 인생을 살았다가 못 살아본 인생을 후회하며 "만약에 내가 B를 선택했더라면……" 하며 장면이 바뀌어서 플랜 B를 보여주었다.

살면서 '인생을 정말 드라마 녹화처럼 편집하고 각색하면서 살 수 있다면 얼마나 좋을까?' 하고 생각해본 게 수천 번도 넘는다. 30대에 나는 내 인생에 이혼이라는 극약 처방을 하는 것으로 내 결정 장애증상에 독한 해독제를 주었다. 머릿속에 늘 맴돌던 "만약에~ 했더라면" 공식을 "그럼에도 불구하고~" 공식으로 완전히 업데이트해버린 것이다. 물론 이렇게 한 줄의 글로 쓰는 것처럼 쉬웠던 것은 절대 아니었다.

"만약에 내가 남편과 결혼하지 않았더라면……"

"만약에 내가 남편의 마음이 흔들리는 것을 미리 알았더라면……"

수많은 만약에의 망상이 좀비처럼 나를 따라붙었고, 누구와도 눈길조차 마주치고 싶지 않은 지옥 같은 날들을 죽을힘을 다해 이겨 내야만 했다. 세 살짜리 딸과 함께 먹고 자고 생활하는 모든 것들을 내 손으로 해야만 했다. 표정이 굳어졌고, 웃음은 사라졌으며, 실수하지 않기 위해 수십 가지의 대안을 세워 그중 가장 최선의 방법을 찾아 해결해야 하는 멀티 플레이어가 되어야 했다. 누구도 내 상황을 배려하지 않았다. 내가 혼자라는 사실은 나를 밟고 올라서는 경쟁자들에게는 더없이 좋은 약점이었기 때문이다.

동료들에게는 감정의 동요가 없는 독한 '얼음마녀' 같은 존재였지만, 교실 속에서 만나는 내 제자들에게만은 내 열정을 함께하며 환하게 웃던 '고슴도치 선생'이었다. 그런 나를 향해 누군가는 페이스오프 영화를 찍는 것 같다면서 비아냥거리는 이들도 있었지만, 나는 그들의 관심까지 챙길 여유가 없었다. 그래서 내 30대의 10년은 너무도 고독했고 외로웠던 시간이었다.

어느 날 파김치가 되어 자정까지 수업을 끝내고 퇴근했을 때였다. 소파에는 나를 기다리다가 지쳐 잠든 딸이 누워있었다. 하루 종일 혹사시킨 목이 따끔댔다. 집에 오는 동안 나의 안면 근육은 다시 로봇처럼 굳어진 표정이었다. 웅크린 채 잠든 아이를 안아서 침대로 옮기자 아이가 눈도 못 뜨고 내 목을 끌어안았다. 그리고 내 귀에 속삭였다.

"엄마, 나 키워줘서 고마워요. 사랑해요!"

내 볼에 통통한 볼을 비벼 대며 연신 "사랑해요!"라고 말해 주었다. 눈물이 핑 돌았다. 남편과 붕어빵처럼 똑같은 딸을 낳지 않았더라면 아무도 알지 못하는 곳에 가서 다시 시작할 수도 있었을 거란 친구와의 통화를 들었던 걸까. 아이는 소파 위에 엄마와 손을 잡고 걸어가는 그림을 그려놓고 '엄마 사랑해요'란 글씨에 하트를 반쯤 칠하다가 잠이 들어버린 것 같았다.

순간 뜨거운 눈물이 터지면서 가슴이 죄어 왔다.

'만약 남편과 결혼하지 않았더라면 저렇게 예쁜 딸은 못 낳았겠지?' 누구에게 말을 하고 있는 건지 나는 마치 고해성사를 하듯 읊조리고 있었다.

"그렇구나! 내 성격상 평생 이상적인 남자를 만나지 못하면 결혼도 안 하고 늙어 죽을까봐 하나님이 만든 계획인 거야. 남편과 만나 짧게라도 사랑이란 걸로 정신 못 차리게 해서 결혼이란 걸 하게 했고, 내가 마리아는 아니니까 혼자서 애를 만들 수도 없으니 내가 좋아하는 외모의 남자를 정자 제공자로 만드셨네. 허!"

생물 학도답게 정자, 난자, 수정란, 유전 DNA까지 들먹인다. 마음의 소리가 이렇게 바뀌자 굳어져 있던 내 안면 근육들이 신기하게도 봉인이 풀리는 듯 부드러워지는 것을 느꼈다. 마음의 결정이 이제야 또 하나를 해결했던 것이다.

어찌 다 아는 결정만 할 수 있겠는가. 또 그 인생을 살아봤다 하여 더 잘살았겠는가?

결정은 오로지 자신의 몫이다. 누구에게 책임을 전가할 수도 없다. 그래서 결정은 어렵고도 힘들다. 하지만 그 결정의 책임으로 고통만이 남는 것은 아니다. 양날의 검처럼 책임과 보상이 함께 오기 때문이다. 인생의 결정 한 방에 세상을 다 얻는 유명인이 되기도 하고, 평생을 함께할 사랑하는 사람을 얻기도 한다.

아무리 많은 학생들이 시험장에 들어가도 자신의 이름을 쓴 시험지는 딱 한 장이다. 인생도 마찬가지다. 인생살이가 오지선다형 객관식 시험지라면 얼마나 좋겠는가? 성공확률이 20%는 항상 확보되니 말이다. 인생은 100% 주관식 서술형 답지처럼 배점이 높은 대신 나 스스로 결정의 순간들을 계속 만나면서 고민해야만 한다. 그러니 나 혼자만 결정이 어려운 게 아니다.

04

이것 또한
지나간다

인생을 낭비하지 마라.
무덤에서 잘 잠으로도 충분하다.

— 벤저민 프랭클린

지난 11월 12일 목요일 2016학년도 대입수학능력시험이 전국적으로 치러졌다. 딸 소정이 국제고에 입학한 날이 엊그제 같은데 정말 빠르게 시간이 흘러가 버렸다. 행여나 늦을까봐 밤을 꼬박 새워 버렸다. 늦잠 때문에 긴장하느니 차라리 잠을 자지 않는 게 더 나을 것 같았기 때문이다. 딸의 자는 모습만 챙겨주고 나는 주방으로 나와 밥을 짓기 시작했다. 영양학자들은 수험생에게 잡곡밥이 도움이 된다고 했지만 흰 쌀밥에 맑은 시금치 된장국을 좋아하는 딸을 위해 우리는 시험 당일 도시락 메뉴를 정했었다.

'현재 시각 5시 30분이니까 6시 10분쯤 깨워서 머리 감게 하고, 6시 35분에는 밥을 먹게 하면 되겠다. 사과랑 홍삼을 후식으로 먹이고, 7시 30분에 출발하면 딱 맞겠네. 뭐 빠트린 건 없나?

도시락은 보온이 잘되니까 괜찮지만, 물 보온병은 온도를 얼마로 맞춰야 되지? 너무 뜨거우면 마시기 힘드니까 적당히 마셔 보게 하고 담아야지…….'

머릿속으로 순서에 맞게 움직이고 있는지, 혹시 빠뜨리는 것은 없는지 계속 체크한다. 움직일 때마다 입에서는 기도가 터져 나왔다.

"하나님, 오늘 하루 꼭 소정이랑 함께 해 주세요!"

잠시 후 안방 침대 쪽에서 알람이 울렸다. 조용히 들어가서 안 방의 불을 켜고 딸의 이름을 두세 번 불러 깨웠다. 금방 눈을 뜨지는 못했지만, 분명 정신은 깬 것 같은데 몇 분 동안 나오질 않았다. 다시 이름을 크게 불러내자 눈을 비비고 일어나 욕실로 들어간다.

"엄마!"

"왜?"

"엄마?"

욕실로 씻으러 들어간 녀석이 자꾸 나를 불러대더니 이내 나와서 나에게 두 팔을 벌리고 다가왔다.

"안아줘요!"

"알았어, 이리 와!"

이제는 엄마보다 한 뼘은 더 커버린 딸을 두 팔로 꼭 껴안고 우리는 몇 분간 서로를 토닥여 주었다. 더 길게 안고 있다가는 울컥한 마음에 밥도 못 먹을 것 같아서 두 팔을 풀고 딸의 등을 밀어 욕실로 들여보냈다.

"소정! 이건 밥통, 반찬 통은 밑에 있고, 친구들이랑 모여서 먹을 거니까 좀 넉넉히 쌌다. 뭐, 니들 밥도 제대로 잘 안 먹힐 거다. 그래도 천천히 조금이라도 꼭 먹고, 도저히 안 들어가면 억지로 먹지 말고, 사과라도 먹어!"

"응!"

"홍삼 하나 더 도시락통에 넣어 줄까? 점심 먹고 먹을래?"

"네!"

"아 참! 물병. 날씨가 춥지 않아서 물은 먹기 좋은 온도로 맞춰 싸줄게. 이 정도면 어때?"

뜨거운 물과 찬물을 섞어서 온도를 입술에 맞춰본 후 마셔보도록 건네며 물었다.

차가운 바람이 불었다. 우리는 도시락 가방을 들고 춥지 않게 꽁꽁 싸맨 채 수험장으로 향했다. 제2외국어를 치르는 23고사장인 계산여고에 다다랐다. 꽤 이른 시간임에도 도로는 수험생을 태운 차들로 주차장을 방불케 했다. 우리는 결국 넓게 유턴을 한 후, 수험장 교문과 조금 떨어진 곳에 주차했다.

"소정아! 그동안 고생한 거 오늘 하루만 지나면 해방이야. 시험에 아쉬움 없도록 최선을 다하고 잘 치르고 와라! 딸!"

"네! 엄마, 고마워요!"

"사랑해! 엄마 딸! 일루 와. 한 번 더 안아줄게!"

눈물이 핑 돌았다. 인사를 나누니 이제야 비로소 수능 시험장에 들여보내는 게 실감 났다. 교문 앞에는 국제고 3학년 선생님들이 담임선생님과 함께 기다리고 있었다. 소정이의 이름을 불러주며 파이팅을 외쳐주는 모습에 감동스러워 한동안 나는 그곳을 떠날 수가 없었다. 궁금해 할 가족들에게 수험장의 사진과 문자를 보내 주었다. 지금부터 시험이 끝나는 오후 5시까지는 그저 실수하지 말고 최선을 다해 좋은 성적으로 시험을 치러 주기만을 기도하는 것밖에 할 수 있는 일이 없었다.

4시 30분이 넘자 대부분의 고3 학생들이 거리로 쏟아져 나왔다. 제2외국어 시험을 치르는 학생들만이 23고사장에 남았다. 고사장 앞 도로는 아침보다 더 북새통이 되었다. 마중 나온 가족 차량으로 주차장이 만들어졌고 차선 1개만을 이용하고 있었다. 시험을 잘 치른 것인지 불안한 마음에 운전대를 잡은 손이 떨려왔다. 그래도 반전으로 시험을 너무 잘 봤다는 모습으로 홀가분하게 나올 딸의 모습을 상상하며 목을 한껏 빼고 아이들이 나오기만을 기다렸다. 시험 종료 알림이 울린 후 한참이 지나도 아이들은 교실 바깥으로 나올 기미가 없었다. 1시간이 넘게 기다린 후에야 아이들이 쏟아져 나왔다. 하루 종일 치른 시험에 지친 모습이었다.

항상 엄마의 방식에 잘 따라오던 딸은 아니었지만, 열심히 노력하고 성실한 자세로 인천 국제고에 당당히 합격해 준 딸이다. 소정은 온 가족의 사랑을 독차지하는 보물 같은 존재다.

"수능 만점만 맞도록 공부하고 나머지 학교생활은 네 마음대로 즐겁게 살아라!"

"비싼 사립대학 등록금은 엄마 혼자 감당 못 하니 서울대에 꼭 들어가라. 놀더라도 그 점은 잊지 말고 놀아라!"

"고3 생활의 고생들을 수능 점수로 보상받아라!"

"라식, 성형, 미용시술, 여행, 배우고 싶은 것들 등등 뭐든지 해 주겠다. 수능만 잘 봐서 서울대 합격해라!"

가족끼리 놀려대듯 외쳐대던 농담 같은 진담이 오늘은 입 밖으로 절대 나올 수가 없는 날이다. 그동안의 공부를 단 하루에 결정 내야 되는 고3 아이들이 너무나 안쓰러워서 안아주고 싶은 날이다.

한참을 기다린 후에야 교문을 빠져나오는 지친 얼굴들 사이로 딸 소정의 반가운 얼굴이 보였다. 손을 흔드는 나를 발견하고 내쪽으로 걸어온다.

"고생했다! 딸. 애썼어."

맘 같아서는 '시험 어땠어?'라고 묻고 싶었지만 그 말이 지금 이 순간 무슨 소용인가! 나는 하루 종일 시험 보고 나온 아이를 안아주고 차 쪽으로 이동하기 위해 손을 끌었다.

"엄마! 미안해. 시험…… 1교시 언어를 망쳤어요! 죄송해요."

다리에 힘이 쭉 빠졌다. 괜찮다는 표정을 지어줘야 할 텐데 목소리가 연기가 되질 않았다. 두 손으로 딸의 팔을 부여잡고 차로 이동한 후 일단 숨을 골랐다. 아이의 빨갛게 상처 난 손이 눈에 들어왔다.

"엄마, 내가 정신을 못 차리게 몽롱한 데다 너무 떨려서 책상이 막 흔들릴 정도였어. 어떡하든 제정신을 차리려고 내가 내 손을 막 손톱으로 눌렀는데 정신이 집중이 안 돼서 어떻게 시험을 봤는지 하나도 생각이 안 났어요. 미안해 내가 다 망쳤어."

피멍이 든 것처럼 빨갛게 상처 난 손등을 보고 나는 더 이상 어떤 말도 할 수가 없었다.

"손 이리 줘 봐. 어휴! 됐어. 그만 말해도 돼. 어쨌든 이제 시험은 끝났어. 오늘은 지금부터 시험 얘긴 하지 말고 일단 뭐 좀 먹으러 가자. 배 안 고파?"

"배는 안 고파."

"그럼 뭐 달달하고 시원한 아이스크림 먹으러 가자! 의자 뒤로 하고 눈 좀 감고 쉬어!"

딸은 엄마를 만나 시험이 끝난 안도감을 느끼고 있었지만, 엄마인 나는 딸이 안쓰러운 마음에 눈앞이 흐려졌다. 눈물이 앞을 가려 신호등이 잘 보이지 않았다. 소리 없이 두 볼을 따라 흐르는 눈물을 그저 내버려 두었다. 대신 소리를 죽이려니 눈물이 멈추지 않고 흘러나왔다. 배 위에 포갠 손등의 상처가 안쓰러운 것도 눈물 나는 이유고, 중요한 시험에서 너무 긴장한 딸이 야속해서 흐르는 눈물이기도 했다.

'내 인생아, 너 왜 이러니? 12년을 이날을 위해 달려왔건만 어떻게 결과를 이렇게 만드는 거야!'

카페 앞에 차를 세우고 딸이 보지 않도록 눈물을 얼른 닦았다. 그리고 목소리를 한 톤 높여서 딸에게 말했다.

"딸! 다 왔네. 저기 2층에 대만 빙수 '호미빙'갈까? 우리 망고 빙수 사 먹자!"

웃음을 찾은 딸에 비해 내 속은 먹구름이었지만, 우리 모녀는 노랗고 먹음직스러운 망고 빙수를 먹고, 시험 보고 왔다고 씩씩하게 밝히면서 커피 리필까지 얻어먹었다. 다음 코스는 CGV 영화관으로 〈007 스펙터〉를 보기 위해 팔짱을 끼고 나왔다.

인생이 내가 기대하는 것처럼 행운으로 온다면 얼마나 좋겠는가?

가채점 결과, 역시나 언어에서의 실수가 치명적이었고, 목표한 대학은 포기해야 했다. 우리는 실수를 되짚어 보고 또다시 실수하지 않을 것을 다짐했다. 욕심이 커지면 더 큰 것을 잃을 수 있다.

속상한 마음에 서로를 상처 줄 순 없었다.

"엄마! 내 인생이 실패한 게 아니에요. 그저 시험을 한번 잘 못 봤을 뿐이에요. 하지만 엄마에게 죄송해요. 진심이에요. 나를 한 번 더 믿고 지켜봐 주세요."

"부모가 너희들보고 시간을 잘 쓰라고 말하는 건 닦달하려고 그러는 게 아니라 제때에 못한 것들을 다시 찾으려면 몇 배는 더 큰 고통으로 힘을 써야 하기 때문이야. 사랑하니까 더 고생하지 말라고 미리 얘기하는데 니들은 왜 그걸 귀담아듣지 않니?"

가슴이 미어져서 딸도 울고 나도 울었다. 이 일 또한 금세 잊히고 지나갈 일이라 되뇌었다. '한번 실수는 병가지상사'라고 하지 않던가!

내 딸은 오늘을 기억하며 더 열심히 공부해서 분명히 지금의 절망을 이겨낼 것이며, 훌륭하게 자랄 것을 나는 믿는다. 이 고통의 시간도 어김없이 지나간다!

05

최고의 위로는
울게 내버려두는 것

자신 스스로 행복하다고
생각하지 않는 사람 중 행복한 사람은 없다.

– 퍼블릴리어스 사이러스

"너 요즘 왜 그래? 부쩍 수업 태도도 안 좋고?"

"제가 뭘요?"

"뭐가 문젠지 말을 해야 선생님이 돕던가 하지."

"선생님은 못 도와요. 우리 엄마가 어떤 사람인데 선생님 말을 들어요?"

"그러니까! 엄마하고만 말하지 말고 쌤이랑 얘기 좀 하자고!"

"선생님이 우리 집안일을 어떻게 해결해요! 어른들은 다 자기 말만 들으라고 해 놓고는 무조건 공부만 잘하래, 에이 쒸! 선생님이 말한다고 바뀔 인간들이 아니라고요!"

"너 그래도 버릇없이 부모님한테 그 인간들이 뭐야?"

"뭐요! 그 사람들도 나한테 막 욕하고 집어 던지고, 죽여 버린다고 협박하고…… 부모면 뭐 그렇게 다 해도 되고, 자식은 죽도록 맞아도 찍소리도 못하고 살아야 해요?"

"알았다. 말하기 싫으면 말하지 마! 쌤은 니가 말이라도 하고 싶을까봐 기다려 준건데 필요 없다면 집에 가자! 나도 지치고 피곤하다. 가! 가방 싸! 아, 근데…… 갈 데 가더라도 내 참! 이 말은 좀 해야겠다!"

대화가 잘 풀려가고 있지 않아서 나는 상담테이블을 박차고 일어나며 아이를 향해 냅다 소리를 질렀다. 갑작스런 선생의 태도 변화에 지금까지 욱해서 성질을 내던 아이가 흠칫 긴장한 눈빛으로 내 얼굴을 쳐다봤다.

"이것아! 내가, 니 선생이다! 내가 널 몰라? 니가 날 몰라? 말이면 단 줄 알아? 내가 너를 아무리 예뻐한다고 해도 가려 쓸 말이 있지…… 오냐 오냐하고 귀엽다고 받아주니까 이눔시키가 이게 못 하는 말이 없네? 욕도 못하는 선생이 아는 욕 다 동원해서 나도 너한테 이시키, 저시키, 막 그래 볼까?"

"어…… 선생님 그게 아니라, 엄마가 열 받게 해 놓고 선생님한테 제 욕하면서 고자질했으니까 제가 빡 쳐서……."

"뭐가 어째? 빡 쳐?"

"헉! 선생님 잘못했어요. 말이 헛나와서…… 에이 씨!"

"뭐? 에이 씨? 아주 니가 나랑 한번 해 보자는 거지?"

과장스럽게 팔을 걷어붙이며 아이 쪽으로 덤비듯 달려가자 B

는 벌떡 일어나서 나를 긴 팔로 제지하듯 붙잡았다.

"이눔이? 놔라! 어디 스승님을! 코딱지만 한 게 이제 컸다고 선생님을 막 잡네! 언제 이렇게 힘이 장사가 된 겨? 안 놔? 빨리 놔! 너처럼 말본새 없는 무식한 제자, 난 안 키우니까 이거 놓고 나가셔!"

"죄송해요, 쌤! 말 잘할게요. 알았어요. 제가 잘못 했어요!"

"키 컸다고 이제 쌤을 힘으로 누르다니…… 아! 존심 상해서 원! 이거, 선생 해 먹겠나! 아이고, 진 빠져! 못생긴 제자놈 버르장머리 잡다가 늙은 선생 진 다 빠졌네! 배고프다, 이 앞에 수타 짜장 잘하는 집 새로 생겼더라! 짜장면 먹을래?"

"……."

"아, 배고프다고! 난 느끼한 짜장 못 먹는데 그 집은 고기 대신 감자를 넣나 담백하니 맛 괜찮대? 빨리 말해, 너 같이 가면 탕수육도 같이 시켜 먹게! 안 가? 그럼 니네 집으로 빨리 가던지?"

"갈게요."

"뭐? 집으로 간다고?"

"아뇨. 선생님이랑 짜장면 먹으러 갈게요."

유난히 짜장면을 좋아하는 녀석인 데다가 한참 전부터 B의 뱃속에서는 꼬르륵 소리가 내 귀에 들릴 만큼 크게 울려대고 있었다. B를 데리고 학원에서 멀지 않은 작은 중식 집으로 들어갔다. 새로 개점해서 가게는 작지만 깔끔한 붉은색 인테리어를 갖추고 있었다.

"이런 데 데려왔으면, 쌤은 어른이니까 니가 잽싸게 가서 물컵도 가져 오고 그러는 거야! 너네 엄마랑 올 때처럼 가만히 앉아 있으면 내가 물 떠다 받치리?"

"아…… 네! 히히."

이제 제법 웃음까지 짓는 걸 보니 화가 많이 누그러든 것 같았다.

"너 짜장면 곱빼기 먹을 거지? 사장님! 저희 주문할게요!"

주방 쪽에서 앞치마를 두르고 만면에 미소를 띤 여주인이 단무지 그릇을 먼저 챙겨 나오면서 고개를 끄덕였다.

"제가요, 사장님! 말을 정~말 안 듣는 제자랑 싸우다 지쳐서 뭐 좀 먹고 힘내서 또 싸우려고 왔어요. 이 녀석 잘생긴 게 말 엄청 안 듣게 생겼지요?"

"뉘 집 아들인지 참 키도 크고 잘 생겼네. 고등학생?"

"아뇨. 중2요."

"어휴! 요즘 중2병이라잖아요. 선생님이셨구나…… 어쩐지!"

"손짜장 보통 하나, 곱빼기 하나 주시구요. 탕수육도 하나 주세요. 김치도 좀 주세요!"

주문을 받은 안주인은 주방을 향해 먼저 주문을 알린 후 우리에게 중2병 조카 때문에 자기 집안도 골치 아프다는 말을 하며 주방으로 다시 들어갔다. TV에서는 개그콘서트가 방영되고 있었는데 B는 금세 코미디에 빠져 헤죽헤죽 웃어댄다. 덩치만 컸지 영락없이 열다섯 살 어린애다.

우리의 배고픔을 알았는지 주방에서는 10분도 안 되어 김이 모락모락 나는 짜장면이 나왔다. 나는 젓가락 두 개를 들고 B의 곱빼기 짜장면을 먹음직스럽게 섞어 주었다. 까칠하게 깔끔을 떨어 대서 애들에게 뒷말을 듣는 B를 생각해서 가위로 면발을 두 번 잘라 주었다.

"자! 맛있게 먹어라!"

"……."

"감사합니다! 맛있게 먹겠습니다! 인사는 해야지, 내가 사주는데 넌 인사도 안하냐?"

"잘 먹겠습니다!"

"난, 뭐든지 맛있게 먹는 남자가 젤 멋있더라! 아, 맛있겠다!"

정말 맛있게 먹는 모습을 보니 마음이 짠했다. 점심도 제대로 안 먹었다더니 엄청 배가 고팠던 모양이었다. 탕수육과 사장님이 서비스로 준 군만두까지 우리는 정말 한 개도 남김없이 다 먹었다. 배가 터질 것처럼 불렀다.

"배가 너무 부르다. 우리 좀 걸을래?"

"네!"

거리에 가로등은 없었어도 도로 옆 가게들의 네온사인 불빛들로 길이 밝았다. 하이힐을 신고 걷자니 B의 발걸음이 너무 빨라서 나는 팔짱을 끼었다. 도로를 걸으면서 제법 기사도를 발휘하는 B를 칭찬해 주었다. 한편으로 대견한 마음이 들었다.

"괜찮아!"

"네?"

"괜찮아, B야!"

"……."

"괜찮아! 네 잘못이 아니야."

"……."

말없이 걷던 B가 고개를 떨 군 채 잠시 발걸음을 멈췄다. 한참 동안 땅바닥을 응시하고 있는 B의 팔을 붙잡았다. 그렇게 우리는 미동도 없이 서 있었다.

"어른들의 일이야. 니가 그러고 다니면 부모님 이혼을 더 부추기는 거야!"

"그럼 저는…… 흑흑! 뭘 어째야 해요? 흑흑!"

복받치는 감정에 B는 두 주먹을 꾹 쥐고 화가 밀려오는 걸 참으면서 울먹였다.

"그럴수록 네가 공부도 더 열심히 하고, 말썽도 피우지 말아야지!"

"……."

"부모님이 사이좋게 지낼 때도 니들은 공부 안 해놓고, 꼭 부모님 사이 나빠지면 그거 핑계 대면서 사고 치더라? 못된 놈들! 뭐? 중2병! 놀고들 있네. 무슨 불치병이냐? 이름도 해괴망측

하고만! 부모님들은 니들 땜에 위장병 걸린 것도 치료를 못 하는데…… 이제 중학생 코딱지만한 것들이 뭐 세상사는 거에 허세부리는 못된 것만 배워 가지구선! 정신 차리고 공부 안 할 거면 니네 부모님 이혼하든지 말든지 내 눈앞에도 나타나지 마! 난, 너…… 아까워서 동네 양아치 노릇하면서 놀고 돌아다니는 거 못 본다! 내가 어떻게 키운 제잔데!"

말을 하다 보니 울컥한 감정에 눈물이 핑 돌아서 목소리가 흔들렸다. B가 두 팔로 나를 감싸 안고 머리를 내 어깨에 기댄 채 엉엉 소리 내어 울기 시작했다.

"울어! 괜찮아! 남자도 울어도 돼! 실컷 울어. 쌤이 옆에 있을게!"

06

멀리 가려면
함께 가라

친구와 와인은 오래돼야 한다.

− 스페인 속담

나는 누구와의 만남도 기쁘게 생각한다. 그리고 그 만남이 오 랫동안 좋은 모습으로 지속되기를 바란다. 하지만 내 성향이 보이 는 것과는 다른지 '내 측근, 내 사람들'이라고 칭할만한 모임이 없다.

이왕 말이 나온 김에 나도 내가 좋아하는 사람들에 대해 허심 탄회하게 털어놓고 싶다.

나는 앞서 말한 대로 어린 시절부터 '내 것', '내 소유'라는 개 념이 통용될 수 없는 형제 많은 가정에서 공동체 생활에 길들여 져 살았고, 무조건 교인들과 타인에게 양보와 선행을 해야 하는 목사의 딸로 가정교육 받으며 평생을 살았다.

생긴 외모가 선이 굵어서인지 얼굴에 인상만 한 번 찡그려도 반항하는 거로 오해받으면서 청소년기를 보냈다. 대학생이 되어서야 내게 딱 맞는 행복한 신세계를 발견해서 학교 도서관과 자연사박물관을 오가며 조교생활까지 총 8년간이나 학교에 파묻혀 살았다.

학교 연구실과 실험실, 자연사 박물관의 텁텁한 공기마저도 내 삶의 에너지였던 꿈 많은 20대를 당연히 학교에 남아 후학을 지도할 것이라 믿었지만, 여지없이 운명의 신에게 배신당하고 사회생활의 쓴맛을 봤다. 나는 내 인생이 풍족하지는 않아도 열심히 공부했으니 당연히 전도유망한 연구원이나 교수가 될 것이라 생각했다. 하지만 내게 그런 행운은 오지 않았다. 가난하고 배경이 없어도 성실한 모습으로 열심히 공부하면 내 인생에도 "키다리 아저씨"가 분명 존재할 것이라 믿고 성실하게만 살았다.

'친구' 하니까 가장 먼저 떠오른 대학 친구가 있다. 열심히 공부하고 있는 나를 방해하지 않기 위해 도서관 좌석에 커피 한잔과 메모만을 남기고 갔던 나의 귀한 친구 '민경수'. 지금은 베트남에서 사업을 한다고 한다.

대학교 1학년 신입생 단합 MT를 1박 2일로 떠나던 날, 일요일 주일예배를 빠지면서 MT에 보내 주지 않겠다는 아버지 때문에 주일 아침예배를 마친 후 MT에 합류해야 했다. 그래도 좋았다. 우여곡절 끝에 아버지의 허락을 받아 처음으로 여행이란 것을 외지로 떠난 것이기 때문이다. 장소는 정확히 기억나지 않지만 늦게 도착한 MT 장소는 전날 내린 비로 물이 많이 불어있는 계곡을 건너야 했다. 나는 혼자서 도저히 건널 수가 없었다. 과 친구들이 눈앞에서 놀고 있는 게 보였지만 그곳으로 갈 수가 없었다. 그때 우직한 곰처럼 덩치 큰 한 남자가 발을 걷어붙이고 물살을 가르며 성큼성큼 개울을 건너오는 것이 보였다. 그 친구가 바로 '민경수'다.

"왔네, 업혀!"

"무거울 텐데, 괜찮겠어?"

"설마하니 쌀가마니 정도는 아니겠지…… 허허. 자!"

널따란 등을 척 내놓고 내가 업히기를 기다렸다. 분명 내 몸무게를 알고 있으니 솜털 같진 않을 터라 최대한 경수가 걸어가는 물길에 방해가 안 되도록 아기처럼 꼭 붙어 매달려 있었다. 경수는 물살을 다 건너와서 콧소리 가득한 웃음으로 말했다.

"뭘 애기처럼 그렇게 꼭 매달려! 하하."

덕분에 나는 친구들과의 여행을 즐겁게 마칠 수 있었다. 오빠 같은 경수는 내 머릿속에서 언제나 그냥 경수가 아닌 "내 친구 경수!"였다.

내가 대학을 떠난 이후로 소식을 알 수 없이 지낼 때조차도 잊을 수 없었다. 그래서 나는 '내 친구 경수'를 페이스북 친구 찾기를 통해 알아보았고, 2014년 8월 드디어 찾게 되었다. 경수는 베트남에서 11년째 사업을 하며 지금은 하노이에 살고 있다고 했다. 지금도 그는 나에게 베트남으로 꼭 놀러 오란 소식을 가끔 전한다. 1년에 서너 번 전하는 소식뿐인데도 20여 년 전과 전혀 다름없는 우정의 빛깔을 내고 있었다. 내년 여름에는 정말 부모님을 모시고 베트남 여행을 꼭 가서 내 친구 경수와 해후를 해야겠다.

유안진의 수필《지란지교를 꿈꾸며》속에는 내가 특별히 좋아하는 글귀가 들어있다.

"저녁을 먹고 나면 허물없이 찾아가 차 한 잔을 마시고 싶다고 말할 수 있는 친구가 있었으면 좋겠다. 입은 옷을 갈아입지 않고 김치 냄새가 좀 나더라도 흉보지 않을 친구가 우리 집 가까이에 살았으면 좋겠다. 비 오는 오후나 눈 내리는 밤에도 고무신을 끌고 찾아가도 좋을 친구, 밤늦도록 공허한 마음도 마음 놓고 열어 볼 수 있고 악의 없이 남의 이야기를 주고받고 나서도 말이 날까 걱정되지 않는 친구가…… (중략) 나는 많은 사람을 사랑하고 싶진 않다. 많은 사람과 사귀기도 원치 않는다. 나의 일생에 한두 사람과 끊어지지 않는 아름답고 향기로운 인연으로 죽기까지 지속되길 바란다. (중략) 우리가 항상 지혜롭진 못하더라도, 자기의 곤란을 벗어나기 위해 비록 진실일지라도 타인을 팔진 않을 것이다. 오해를 받더라도 묵묵할 수 있는 어리석음과 배짱을 지니기를 바란다. (중략) 우리의 눈에 핏발이 서 더라도 총기가 사라진 것은 아니며, 눈빛이 흐리고 시력이 어두워질수록, 서로를 살펴주는 불빛이 되어 주리라. 그러 다가, 어느 날이 홀연히 오더라도 축복처럼, 웨딩드레스처 럼, 수의를 입게 되리라. 같은 날 또는 다른 날이라도 세월 이 흐르거든 묻힌 자리에서 더 고운 품종의 지란(芝蘭)이 돋아 피어, 맑고 높은 향기로 다시 만나지리라."

이성이든 동성이든 구별하지 않았다. 지란지교의 우정을 만나 는 것이 이렇게 어렵고 힘든 세상이었을까? 나는 여전히 그런 친 구를 만나지 못해 외롭게 커피를 마시고 있다. 집 주변에 슬리퍼 를 신고 나가도 술을 마시는 친구들이 더 많다 보니 내 방식의 사 람들과 여유를 즐기기는 어렵지만, 여전히 나는 지란지교의 우정 과 지고지순한 사랑을 꿈꾼다.

커피와 와인을 좋아하는 나는 요즘 가장 예쁘고 부러운 커플 이 있다. 바로 김태광, 권동희 작가 부부다. 스타벅스 카페에 앉아 함께 글을 쓰고 마주 앉아 책을 읽고, 지인들과 유쾌한 자리를 만들어 와인과 식사를 곁들일 줄 아는 그들이 참 멋지게 사는 사 랑스러운 커플로 보이기 때문이다. 살아보니 꼭 돈이 많은 부자들 만이 이런 여유를 즐기는 것은 아니다. 정신이 맑은 사람들은 사 랑하는 사람과 함께하는 일들에 정성을 다한다. 담벼락의 찔레꽃

한 송이를 꺾어와 아내에게 사랑을 전하는 멋진 남편이 있고, 캔 커피 하나로도 사랑하는 마음을 전할 수 있다.

나에게 가장 치명적인 열등감을 자극하는 부분이기도 하다. 나는 이런 삶의 여유를 사랑하는 남편과 충분히 누리고 싶었으나 한 번도 사랑을 제대로 받아보지 못한 존재가 되어 버렸기 때문이다. 이제는 결혼해서 살았던 날보다 5배나 더 긴 세월을 혼자 독하게 배우며 일어섰더니 비로소 보이는 것들이 있다. 사람의 가치는 함께 살아가는 사람의 평가에 가장 큰 영향을 받겠지만, 그 평가조차도 지극히 주관적이라는 사실이다.

나는 내 인생의 먼 미래를 사랑하는 사람들과 함께 가고 싶다. '이인삼각 게임'에서 다리를 묶고 달리는 것처럼 조금은 조여지고 불편해서 보폭이 작아지더라도 서로의 어깨와 허리를 부여잡고 즐겁게 달려가는 것처럼 씩씩한 구령을 외치며 달리고 싶다.

"빨리 가고 싶다면 혼자서 가고, 멀리 가고 싶다면 함께 가라." 는 말이 있다. 나는 내 인생을 나와 똑 닮은 사랑하는 사람과 죽는 날까지 평생 함께할 거라 믿었다. 하지만 그 지고지순한 사랑의 소망은 이루지 못했으니 좋은 뜻을 함께하는 사람들과 멀리 꿈의 여정을 함께 가고픈 그 소망은 꼭 이루고 싶다.

내가 공부하고 있는 모임의 작가들은 함께 나누고 싶은 꿈을 공유하는 사람들이다. 각양각색의 직업을 가졌지만 글쓰는 작가의 꿈을 안고 열심히 살아가는 그들에게는 진한 꿈의 향기가 난다. 저마다 자신의 선한 영향력을 좋은 곳에 퍼뜨리고 싶은 강한 열정을 지니고 있다. 그런 그들과 만나는 시간은 미팅이나 데이트보다 더 멋지고 설렌다. 수많은 책을 읽고 깊은 사색을 하는 우리는 쿵 하면 척, 통하는 묘한 매력을 공유하며 서로의 꿈을 응원해준다.

20대부터 50대까지의 다양한 연령층의 꿈 동기들이 모여 있다. 우리는 서로의 꿈과 미래의 비전을 응원하고 동기부여 해주며, 굉장한 삶의 긍정에너지를 충전해주는 배터리가 되어준다. 나는 외롭게 혼자서 달리던 내 삶이 그들과 만나 함께 달릴 수 있다는 것에 위로와 행복을 느낀다.

07

돈보다 가치 있는
일을 하라

돈의 중요한 가치는
그것이 과대평가 된다는 사실에 있다.
— 헨리 루이스 멘켄

오랜만에 휴일의 여유를 갖고 TV를 켰더니 가왕 '조용필'의 노래가 흘러나왔다. 대학 졸업 후 조교로 지내던 시절, 작은고모가 가장 좋아하는 가수인 조용필의 CD를 사서 선물을 드리려고 준비해 놓고는 쑥스럽고 멋쩍어서 건네지 못한 채 20년이 흘러버렸다. 아직도 그 CD는 선물 리본을 붙인 채로 내 책상 서랍에 고스란히 남아있다.

지난 2008년 10월 11일 오후 7시, 조용필의 40주년 기념 콘서트가 인천 문학 경기장에서 열렸다. 나는 그 공연을 보고 비로소 그가 왜 '가왕'이란 칭호를 받았는지 알 수 있었다. 공연 내내 그의 폭발적인 가창력에 소름이 돋았기 때문이다.

2014년쯤이었던 걸로 기억한다. 조용필의 숨겨진 일화가 공개

되어 많은 네티즌에게 감동을 주었다. 온라인 커뮤니티에 조용필의 명곡 '비련'에 얽힌 일화였다. 조용필의 전 매니저인 최동규 씨가 과거 조용필의 4집 앨범 발매 당시 인터뷰했던 내용 중 일부를 발췌한 것이었다.

간략하게 말하자면, 4집 앨범 발매로 한창 바쁠 때 한 요양 병원장에게서 한 통의 전화가 왔다. 자신의 병원에 14세의 지체장애 여자아이가 조용필의 4집에 수록된 '비련'을 듣더니 눈물을 흘렸다고 했다. 입원 8년 만에 처음 감정을 보인 것이다. 이에 병원장은 이 소녀의 보호자 측에서 돈은 얼마든지 원하는 대로 지불할테니 조용필이 직접 소녀에게 '비련'을 불러줄 수 없냐며 부탁을한 것이다.

이 말을 전해 들은 조용필은 피우던 담배를 비벼 끄고, 즉시 병원으로 출발하자고 했다. 당시 조용필은 노래 한 곡당 3,000~4,000만원 정도 받았다고 한다. 그날 행사가 4개였음에도 불구하고 취소해서 위약금을 물어주고 시골 병원으로 갔다. 소녀는 아무 표정 없이 멍하니 있었는데, 조용필이 그 소녀의 손을 잡고 '비련'을 부르자 기적같이 소녀가 펑펑 울었다. 소녀의 부모도 울었다. 조용필이 소녀를 안아주고 사인 CD를 준 후 차에 오르려는데 보호자가 "돈을 어디로 얼마를 보내면 되겠느냐?"고 물었다. 그러자 조용필은 "따님 눈물이 제 평생 벌었던, 또 앞으로 벌게 될 돈보다 더 비쌉니다."라고 대답했다고 한다. 매니저 최동규 씨는 지금도 조용필의 말을 잊을 수가 없다고 했다.

나는 〈NGO〉 세이브더칠드런에서 시행하는 '신생아 살리기 모자 뜨기 캠페인'에 몇 년째 동참하고 있다. 아프리카의 신생아를 저체온증으로부터 살리자는 취지로 2007년 처음 시작된 신생아 모자 보내기 캠페인은 인종, 종교, 정치적 이념을 초월해서 지금까지 133만 개의 모자와 모자키트로 모금된 후원금 117억이 전달되었고, 후원받은 대부분의 국가에서 5세 미만 영유아 사망률이 많이 감소했다고 한다. 단돈 2만 5,000원으로 무엇보다 귀중한 생명을 살리는 기적을 만들어 내는 것이다. 나는 나이가 들어 갈수록 돈으로 할 수 없는 일들에 더 큰 의미를 부여하게 된다. 가족과의 대화, 부모님과의 시간, 사람들 간의 배려, 소중한 것들에 대한 감사 등에 마음이 더 커진다.

"김연아가 또 7,000만 원이나 기부했다네?"

"돈도 많이 버는데 그까짓 7,000만 원은 껌값이니 기부할 수도 있지!"

"에끼, 이 사람! 자네 같은 사람은 돈이 있어도 700원도 안 쓰면서 젊은 애가 7,000만 원이나 기부했다고 하면 칭찬이라도 할 것이지!"

편의점 앞 파라솔에서 아저씨 두 분이 나눈 대화다. 사람들은 참 묘하다. 자신은 할 수도 없는 일을 누군가 기특하게 하고 있다면 박수를 쳐 주고 칭찬해줘야 함이 마땅한데, 당연하다니…… 정말 아저씨의 말처럼 7,000만 원이 김연아에게 껌값일까?

연말이 되면 여러 후원단체들이 우편을 보내 다음 해에도 후원을 계속해 달라는 부탁을 한다. 나도 계속 몇 년간 꾸준히 자동이체로 후원한 단체만도 3~4곳 정도 된다. 1만 원에서 많게는 5만 원까지 1년이면 꽤 많은 금액이 된다. 그러던 어느 날 뉴스를 보고 충격을 받았다. 내가 후원하던 단체의 직원들이 후원금을 유용하여 해외연수 비용으로 사용했다며 경찰 조사를 받는 내용이 보도되었기 때문이다. 나는 그 뉴스를 보고 대부분의 후원활동을 중단했다. 배부른 돼지들의 유흥비로 내 후원금을 단 10원도 쓰고 싶지 않아서다. 지금은 공식적으로 사용 내역이 분명한 단체에만 소액으로 꾸준히 후원하고 있다.

나는 학원사업을 하고 있다. 물론 사교육에 해당되므로 돈을 받고 가르치고 있다. 하지만 아이들을 가르치는 것에 있어 사명을 갖고 있다. 인천이 전국학력 꼴찌라는 오명을 우리 학원을 통해 벗겨내고 싶었기 때문이다.

비장한 사명을 갖고 시작한 〈SM에듀멘터학원〉은 처음에 26평의 작은 규모였지만, 지금은 온라인 학습 전용 Lab실과 7개의 학습전용 강의실, 프로젝트를 갖춘 고등부 문법 강의실, 상담실 등을 갖춘 학원으로 발전했다. 〈SM에듀멘터학원〉이란 브랜드는 내가 로고 디자이너와 한 달 넘게 연구한 끝에 만든 것인데, 평생 귀한 멘토(Mentor)를 만나 지혜를 배우고 싶었던 내 소망을 담아 'Education + Mentor'의 합성어 'Edu-mentor'를 만들었다. 외래어 표기상으로는 '에듀멘토'라고 쓰지만, 발음은 '에듀멘터'에 가까워서 한자어 '터(攄 펼 터: 생각이나 말을 늘어놓다)'라는 뜻을 조합했다. 거기에 내 이름 이니셜 SM과 한글 학원명 '에듀멘터'를 합쳐서 〈SM에듀멘터학원〉이라는 브랜드로 학원을 등록했다.

학원 옆에 있던 한복집을 하던 매장이 사업 실패로 빠져서 개원 1년 만에 20평을 더 넓혔고, 3년 후 같은 층에 50평을 사용하고 있던 보습학원이 계약만료로 나가게 되어 확장공사를 했다. 제자들의 수업에 필요한 영역들을 구획하고 지금의 학원의 모습으로 갖추는데 내 전 재산을 다 쏟아 부었다. 강력한 기도로 큰 꿈을 펼치듯 학원은 조금씩 날개를 펼쳐나갔다.

내가 만들어간 이 공간에서 많은 제자들이 계양구민으로만 자라지 않고 메트로폴리탄(세계인)이 되어 전국 명문 대학과 세계 각국으로 공부하러 나갔다. 그 사실이 나는 정말 명예롭고 자랑스럽다. 같은 수업료를 지불하고 공부하면서도 성적만을 위한 공부가 아닌 더 넓은 세계를 향해 자신들의 꿈과 비전을 펼친 제자들을 볼 때면 너무나 행복하다.

나는 아이들에게 90점 이상, 100점 점수를 받으라고 말하지 않는다. 그저 열심히 다 잘 배웠으니까 학교 시험에서는 실수하지 말고 맞게 쓰고 오라고 말한다.

"실수하지 말고 다 맞게 쓰고 오라!"

이 말은 아주 중요하다. 틀리는 것은 실력을 갖춘 사람에게는 명백한 실수다. 그래서 나는 공부한 것들을 확실히 알 때까지 무한 반복하라고 가르친다. 정말 다 알게 되면 패턴을 바꿔도 문제에 대한 창의력이 생기기 때문이다. 그런 학생은 시험이 끝나도 체화된 실력을 다른 곳에 발휘한다. 하지만 상대적으로 점수에만 맞춰서 공부한 학생들은 당시의 점수가 높다는 것에 만족하여 진짜 실력을 향상시키지 못한다.

나는 훗날 이 자리에 〈SM에듀멘터 드림센터〉 빌딩을 세우는 게 꿈이다. 또한, 사회적 배려대상 학생과 다문화가정인 10대 청소년들의 꿈을 응원하고 키워주는 교육상담가, 진로 상담가, 동기부여 전문가로서 청소년 교육육성에 기여하고 싶다. 나는 세상에서 돈보다 가치 있는 일을 교육이라고 생각한다.

"영원히 살 것처럼 배우고, 내일 죽을 것처럼 살아라!"

위대한 랍비 M. 토게이어의 조언처럼 우리는 평생 배워도 부족하다. 용기는 지성에서 나오고, 지성은 책에서 나온다는 말이 있다. 유대인의 가정에서는 아이들이 철이 들 무렵이면 《성서》를 펼치고 꿀을 떨어뜨린다. 그리고는 아이들에게 입을 맞추도록 한다. 이 행동은 책이 달다는 사실을 가르치기 위한 의식이다. 유대인의 철저한 교육은 문맹이 없다는 사실에서 잘 드러난다.

내게 돈이란 하고 싶은 꿈들을 추진할 수 있게 하는 도구다. 많은 청소년들에게 꿈을 갖고 자신을 더 귀중하게 대해야 한다고 알려 주고, 공부하는 맛이 얼마나 짜릿하고 톡 쏘는 맛인지를 가르쳐 주고 싶다. 더 큰 세상 속으로 나갈 꿈을 꾸고, 그 꿈을 펼칠 수 있도록 언제나 응원하며 소통하고 싶다. 나는 세상에서 가장 귀한 보물창고를 가진 부자이며, 영원한 그들의 '에듀멘토'가 되어 주고 싶다.

조선 후기의 대표적인 서예가인 추사 김정희는 "가슴속에 만 권의 책이 있어야 그것이 흘러넘쳐서 그림과 글씨가 된다."고 말했다. "지갑에 돈을 가득 채우는 것보다 방 안에 책을 가득 채우는 게 더 낫다."는 말처럼 교육의 가치는 돈으로 값을 매길 수 없다. 이는 성공한 많은 사람들을 통해서 증명된다. 그러니 배우려 하지 않는 태도는 어리석은 사람들이나 하는 행동이라는 사실을 깨달아야 한다.

STORY 4

내 삶의
우선순위를
다시 정하는 법

나도 가끔은 위로받고 싶다

01

내 삶의 우선순위를
다시 정하라

삶은 새로운 것을 받아들일 때만 발전한다.
마음의 문을 닫지 말고 항상 열어두어라.
— 라즈니쉬

요즘 들어 자꾸 깜빡깜빡 잘 잊어버린다. 물건을 어디에 놓았는지, 뭘 하러 나온 건지, 약을 먹었는지 안 먹었는지 헷갈리는 나를 보면 쓴웃음이 난다. 불과 몇 년 전, 냉장고 앞에서 뭘 찾는지 모르겠다는 어머니를 향해 잔소리하던 내 모습이 떠오른다. 나는 잊지 않도록 무조건 메모를 하고 여기저기 눈에 잘 띄는 곳에 붙여 놓는다. 정기검진 일정에 맞춰 찾은 병원에서 나와 비슷한 나이로 보이는 원장님이 내 혈액검사 수치를 보면서 이렇게 말했다.

"이제 환자분 나이를 생각하셔야 해요. 술, 담배, 커피 줄이시고, 운동하세요."

병원을 나오면서 술, 담배야 나와 상관없으니 신경도 안 쓰이는데, '나이, 커피, 운동'이란 세 단어가 기분을 찜찜하게 했다.

집에 돌아오자마자 책상으로 달려가 메모판을 꺼내 들고 큰 글씨로 연도와 내 나이, 딸 소정 나이를 적어 내려갔다. 나의 부모님처럼 손자 손녀도 보고 그 애들이 자라는 것도 지켜보고 싶은데 지금 내 나이를 챙겨보니 불현듯 몇 년 전 백혈병으로 너무도 젊은 나이에 하늘나라로 떠나버린 옛 친구가 떠올랐다. 맥없이 이렇게 지내다가는 큰일 나겠단 생각에 노트를 집어 들었다.

> 내 나이, 현재 하는 일, 내가 책임져야 하는 사람들, 지켜야
> 할 것들, 하고 싶은 것들…….

한동안 나는 노트에 적은 단어들을 반복적으로 읽고 있었다. 앞에서부터 계속 읽어 나갈 때마다 뭔지 모를 중압감에 가슴이 답답해졌다. 그래도 계속 읽었다. "나이-현재 하는 일-내가 책임져야 하는 사람들-지켜야 할 것들-하고 싶은 것들" 순서로 계속 읽어 가던 것들이 어느 순간, "하고 싶은 일-내 나이-현재 하는 일-내가 책임져야 하는 사람들-지켜야 할 것들"로 묘하게 바뀐 듯 자리를 잡자 답답하던 마음이 서서히 풀리면서 기분이 나아지고 있었다.

'그래! 나이에 따라 내가 감당할 것들을 생각하려니까 강요당하는 느낌이었는데, 내가 하고 싶은 일 앞에 내 나이를 붙이니까

내가 지금 할 수 있는 일과 지켜야 할 것들이 보이면서 자발적으로 하는 것처럼 느껴지는구나!'

의식의 전환을 일으키자 눈앞의 사물들이, 내 나이가, 내 몸이 그리 나쁜 상태가 아님을 확인하게 되면서 무릎에 힘이 실렸다.

세계 최고의 부자였던 석유왕 존 데이비슨 록펠러는 집이 가난해서 어린 시절을 시련과 고통 속에서 살았다. 그런 그가 세계 최고의 부자 반열에 오를 수 있었던 이유는 '꿈'이었다.

어느 날 한 친구가 와서 록펠러에게 물었다.

"존, 너는 커서 뭐가 되고 싶니?"

그는 망설임 없이 대답했다.

"나는 10만 달러의 가치가 있는 사람이 되고 싶어. 난 꼭 그런 사람이 될 거야."

존은 좋은 옷을 사 입을 수 있을 만큼 돈을 많이 벌겠다고 가까운 친구들에게 말하곤 했다. 그때부터 그에게는 10만 달러의 가치를 지닌 사람이 되겠다는 꿈이 생겼다. 꿈을 품은 존은 24세 때부터 석유·정유사업을 시작해서 29세 때 세계에서 가장 큰 '스탠다드 오일'이라는 정유회사를 세웠고, 석유사업으로 엄청난 돈을 벌었다. 또한, 자신이 번 돈을 사회에 환원하고자 록펠러재단을 세워 6,000억 원이 넘는 돈을 기부했다. 그리고 24개의 대학을 세우고, 4,926개의 교회를 세우는 등 세계 최고의 자선사업가로 여생을 보냈다. 존 록펠러는 자신이 품었던 꿈, 이상을 실현했던 것이다.

내 꿈은 교육전문가이자 10대 청소년들에게 꿈과 비전을 심어주는 교육 동기부여가다.

가장 어려울 때 이겨낼 힘을 공부하면서 느꼈고, 결코 풍족하지 못했던 생활 속에서 가장 차별받지 않았던 것도 공부였으며, 내가 바꿀 수 있는 유일한 것들이 교육에 있었기 때문에 나는 배우고 익히는 일이 참 행복하고 좋다. 나는 딸 소정이가 대학을 입학해서 자신의 인생을 계획할 때가 되면 무조건 내가 하고 싶은 공부를 다시 시작하리라 자신과 약속을 했다. 사실 나이에 대한 감각이 무딘 편이라 내가 만학도가 되어 다시 대학교정에 들어가 배운다 해도 열정을 다할 자신이 있었다.

나에게 인생 통틀어 가장 행복했던 때를 꼽으라 하면 대학시절이다. 전액 장학금으로 다닌 대학은 어수선하던 집안 분위기를 잊을 수 있는 피난처였고, 용돈이라고는 여유조차 없었던 시절의 도서관은 전기걱정 추위걱정을 막아주는 곳이었다. 대학시절 학비는 성적장학금을 받아서 해결했고, 교재비와 얼마 안되는 용돈은 1학년 때부터 4학년 말까지 자연사박물관의 근로 장학생으로 벌어가며 생활했다. 아무도 도와주지 않았지만, 나는 고생스럽다기보다 더없이 즐겁고 행복한 시간이었다. 성취감과 희열을 한 번도 느껴보지 못한 나에게 대학시절은 꿈을 위해 열심히 공부하면서 미치도록 짜릿한 쾌감을 선사해 주었고, 나에게 마법의 꿈같은 생활이었다.

성공한 사람들에게는 두 가지 공통점이 있다. 자신이 이루고자 하는 꿈을 향해 쉬지 않고 도전한다는 것과 롤 모델을 정해 닮기 위해 정진한다는 것이다. 롤 모델은 '자신이 마땅히 해야 할 직책이나 임무 따위의 본보기가 되는 대상이나 모범'을 말한다.

롤 모델이 있는 사람은 그 사람처럼 되기 위해 그가 걸어왔던 과정을 그대로 답습하게 된다. 그래서 롤 모델이 있는 사람과 없는 사람은 시간이 지날수록 그 간극(間隙)이 하늘과 땅 차이로 벌어지게 되는 것이다. 롤 모델은 자신이 원하는 것을 가장 쉽고 빨리 실현시켜주는 비밀과 같다. 그래서 성공하고 싶다면 먼저 롤 모델을 정해야 한다.

초등학교 6학년 때 흑백영화로 〈헬렌 켈러〉를 보았다. 그 이후 내 인생의 롤 모델은 헬렌 켈러의 영원한 스승, 앤 설리번과 여성 과학자 마리 퀴리였다. 물론 그들을 존경하는 마음은 지금도, 이후에도 변치 않을 것이다. 어릴 적 본 영화 속에서 시각과 청각을 잃은 헬렌에게 말하는 것을 가르치기 위해 자신의 입속으로 헬렌의 손을 넣어 성대의 울림을 느끼게 해주던 모습이 너무도 강렬하고 감동적이어서 '앤 설리번' 선생님을 잊을 수가 없었다.

나는 설리번선생을 롤 모델로 삼은 만큼 절실하게 제자들의 학습장애를 극복시켜 주고자 노력한다. 지난 25~26년 동안 '좋은 스승'이 되려다 보니 성대 결절 진단, 수십 번의 후두염, 고성에 의한 고막 손상으로 청각 기능 저하, 손가락 관절염, 허리 통증, 거북목 디스크 증상 등등 따라붙은 직업군병명만도 수십 개라서 이젠 친숙할 지경이다.

두 번째 내 롤 모델 '마리 퀴리'는 방사능 분야의 선구자다. 병원에 가서 가장 흔히 검사하는 것이 X-ray일 것이다. 바로 그 X-ray가 그녀의 연구와 헌신으로 이뤄진 것이다. 노벨상을 두 번이나 수상한 그녀는 여성으로서는 최초의 노벨상 수상자이며, 물리학상과 화학상을 동시에 받은 유일한 인물이다. '라듐', '플로늄'을 발견한 업적으로 방사능 단위로 '퀴리'라는 이름을 쓰고, 화학원소 '퀴륨'에 이름을 붙임으로써 그녀의 공적을 기리고 있다. 그러나 그녀는 평생을 바친 실험들로 인해 1934년 요양소에 입원하여 그해 7월 4일에 방사능에 의한 골수암, 백혈병, 재생불량성 빈혈로 사망했다. 그녀에게 삶의 우선순위는 과학연구였음에 경의를 표한다.

5년 전 내게도 큰 수술이 한 번 있었다. 그러나 퇴원 후 바로 휠체어를 타고 한 달간 수업을 강행했다. 그런 나를 보면서 주변에서는 지독하다고 그렇게까지 할 필요가 뭐가 있냐고 물었었다. 그들이 보기에는 내가 무모하리만큼 수업에 집착한다고 느꼈겠지만, 나는 내가 비운 일주일간 제자들에게 생길 공부의 빈틈이 가장 큰 걱정이었다.

공들여 쌓은 것도 무너지는 것은 순식간이다. 이대로 한 달을 더 방치하게 된다면 제자들에게 수많은 변화들이 생겨날 것을 알고 있었다. 나를 이해할 수 없는 사람들은 마리 퀴리 같은 과학자도 이해할 수 없을 것이다. 4차원처럼 들릴지 모르겠으나 나는 병원에서 X-ray를 찍을 때마다 나의 롤 모델인 과학자 마리 퀴리 교수에게 감사한다. 어쩌면 내가 과학도였고, 평생을 교사이고 싶기 때문에 갖는 경외감일지도 모른다.

내 삶은 이전이나 지금이나 배움에 대한 열정을 최우선으로 생각했다. 그러나 이제는 그 순위 앞에 '체력 건강' 항목을 가장 앞으로 배치했다. 건강을 잃으면 그 무엇도 소용이 없음을 절실히 깨달았기 때문이다.

시간이 지날수록 인생에서 중요한 것들은 '돈으로 살 수 있는 것'이 아닌 '천금을 주고도 살 수 없는 것들'로 변해 간다. 앞으로 나는 '건강, 사랑, 가족, 휴식, 인간관계' 등 내 인생의 가장 중요한 덕목들을 놓치지 않도록 우선순위를 다시 세워 더 집중하려 한다.

02

잃어버린 후
비로소 깨닫는 것들

우리가 어느 날 마주칠 불행은 우리가 소홀히 보낸,
지난 시간에 대한 보복이다.
– 나폴레옹

왜 꼭 인생은 미리 좀 알려주지 항상 지나서야 알게 되는 걸까? 나는 가끔은 번득이는 기지로 명석해 보이다가도 삶에 둔한 나를 발견해서 멍해질 때가 있다. 그러면 나는 나에게 묻는다.

'주변과 더불어 사는 게 어색해?'

언제나 대답은 "NO!"다.

'아니! 난 어색하지 않아. 단지 내가 재미없으니까 그러는 거야.'

나는 흥미롭고 재미있는 세상을 살고 싶었다. 내가 재미를 느끼고 흥미를 느끼는 세상에 비슷한 부류, 동종의 인간들이 많기를 바랐다. 그곳에 유유상종 튀지 않고 묻혀 어우러지는 게 내 소박한 바람이었다. 이목구비가 큰 사람들은 일명 '센' 인상을 지적받는다. 성격이 소심한 사람임에도 불구하고 '센' 얼굴 때문에 '센'

역할을 해야만 한다.

나는 양띠이고, 내 딸 소정은 범띠다. 나는 호랑이 가죽을 뒤집어쓴 소심한 양 같은 사람이고, 내 딸은 양털 옷을 뒤집어쓴 호랑이 같은 아이다. 가끔은 겉만 보고 판단되는 인생이 너무 짜증난다. 아이를 위해 교육적인 행동을 해도 어린 딸에게 호되고 '센' 우악스러운 엄마란 평가를 받을 때면 항상 억울하고 속상했었다.

나는 어부지리로 얻는 행운이 전혀 없는 사람이다. 해준 만큼, 그보다 더 험한 소리를 듣거나 챙겨준 지인에게 배신을 당하는 일도 많다. "어떻게 네가 나한테 이럴 수 있어?" 항변하면 언제나 돌아오는 말은 내가 가해자이고, 자신들은 피해자 코스프레를 한다. 그런 그들의 배신을 잊는데 많은 시간이 필요했다. 미운 정도 정이기 때문이다. 나는 그 몹쓸 정이 너무 많다. 박애주의자는 아니지만, 나는 모두와 잘 지내고 싶은 완전한 평화주의자다. 나를 흔들고 간 많은 사람들에게 나는 최선을 다했지만, 그들이 바랐던 것은 아마도 자신들의 후광을 만들어 줄 나의 쓸모 있는 일부분이 필요했던 것 같다.

언젠가 연예계 '센' 언니의 대명사 가수 서인영이 한 프로그램에서 이런 말을 했다.

"어떤 애가 다른 애들 앞에서 내가 자기 친구라고 하는 거야. 난 걔하고 친구라고 한 번도 생각한 적 없는데. 얼굴은 몇 번 봤지. 그렇다고 내가 지 친구라 하면 안 되지. 나를 이용해 먹는 거잖아."

나는 서인영의 그 한마디에 완전히 기가 눌렸다. 정말 그녀는 셌다. 하지만 그녀는 옳은 말을 하고 있었다. 당당하게 자신의 이름을 팔지 말라는 센 그녀의 개념 있는 반박이 순간 그녀를 매력녀로 탈바꿈시켰다.

10여 년 전에 나는 1년 6개월가량 장애인 직업전문학교에서 매점을 운영할 기회가 있었다. 이혼 후 대인관계도, 사회생활도 거의 바닥 상태였던 그때에 장애인들을 위해 국가에서 지원해 주는 직업전문학교 안에서 별개로 운영되는 매점을 지인의 소개로 인수받았던 것이다. 무료로 와서 공부하는 장애인 학생들이 매점에서 뭘 많이 사 먹는 상황은 아니므로 수익을 위해 한 일은 아니었다. 딸을 어린이집에 보내고 나면 무료하게 있는 나를 걱정해서 동생 신영이가 추진한 일이라 나는 군말 없이 수용했다. 매일 출근할 곳이 생기자 조금씩 활기를 찾게 되었다. 아침 수업시간에 맞춰 나도 9시에 문을 열고 저녁 6시에 퇴근해서 어린이집에 있는 딸을 데리고 집으로 갔다. 이런 단조로운 쳇바퀴 같은 생활이 정신을 가다듬는 데 정말 큰 도움이 되었다. 초반에는 미소를 녹음해 놓은 마네킹처럼 나는 누군가가 오면 웃었다. 하지만 혼자 남겨지면 무표정한 얼굴로 하루 종일 책만 읽었다. 그 생활이 나쁘지 않았다. 미소가 딱딱해 보였을지는 몰라도 인사는 듣든 안 듣든 가장 안정적인 톤으로 정말 열심히 했다. 호들갑스럽지 않았고, 영혼 없는 질문으로 아는 척하지도 않았다. 그들이 모두 나갈 때까지는 응대매너로 자리에서 벌떡 일어나 두 손을 가지런히 모으고 값을 지불하길 기다렸다가 그들과 눈을 마주치면 자연스럽게 웃음을 지어 주었다. 그때도 나는 항상 활동적이었다. 일하는 내내 말끔한 정장 차림으로 갖춰 입고 출근을 해서 가끔 가족들의 빈축을 사기도 했지만 고집스럽게 그걸 고수했다.

두세 달쯤 지나자 하나둘 매점을 아지트로 만들어 쉬는 시간마다 모여들기 시작했다. 지난밤에 있었던 일들을 말해 주러 오는 분, 다음 날 있을 일을 미리 알려주러 오는 분, 수업시간에 옆 친구가 했던 일을 고자질하러 오는 분, 우린 모두 매 수업 50분이 지나고, 쉬는 시간 10분마다 헤쳐모이는 친구들처럼 금세 친해졌다.

그분들이 제일 궁금한 것은 "네가 왜 이곳에 있나?"는 것이었다. 내가 그냥 웃음으로 대답을 피하면 더 이상 묻지 않는 매너 있는 분들이었다. 그들은 뇌성마비, 소아마비, 사지 절단 등의 사고를 겪은 안타까운 사연을 가지고 있었다. 그들이 들려준 이야기에 나는 조용히 눈물도 함께 흘려주고, 웃기도 하고, 하이파이브로 맞장구도 쳐주었다. 그렇게 1년 과정이 끝날 때까지 많은 추억들을 공유했다.

과정을 끝내고 졸업할 때 한 분 한 분 내게 찾아와서 대단한 사람도 아닌 나에게 작별인사를 전했다. 그 순간이 지금도 나에게 살아가는 데 큰 힘이 되어주고 있다. 그들은 내가 그들에게 보여준 편견 없는 미소가 좋았다고 했다.

'봉사'라는 말은 내가 '교육', '사랑'이란 말과 함께 참 좋아하는 단어다. 나는 그들을 위해 봉사한 시간이 아니었지만, 그들은 내게 함께 한 시간이 참 행복했다고 안아주고 응원해주며 떠났다. 그들 중 한 분은 얼굴이 아주 잘생긴 중년남성이었는데, 사고로 팔이 절단된 분이었다. 매일 아침 가장 먼저 인사를 전하러 와 주었고, 특별히 삶에 대한 많은 이야기를 나누는 친구가 되어 주었다.

수료하던 날 그가 나에게 이렇게 말했다.

"무슨 일이 있었는지 알 수는 없지만 자신의 심장까지 멍들게 하지는 마세요. 저도 사고 이후 쳐다보는 사람들이 싫어서 정말 포악했어요. 가족들이 많이 힘들었지요. 지금은 참 행복하게 지냅니다. 힘내세요! 우리 반 애들이 모두 예쁜 사장 선생님 때문에 여기 공부가 더 즐거웠답니다. 저도 그랬고요. 감사합니다. 항상 웃어주셔서 우리도 힘이 났어요."

내가 교사 출신이란 말을 듣고 언젠가부터 사장님보다는 선생님 소리를 더 잘 해주시던 마음씨 고운 멋진 분으로 기억한다. 십여 년이 더 지났지만, 어디에서든 모두 건강하게 잘 지내길 기도한다.

18개월 정도 매점 사장님 역할을 하면서 나는 이혼이란 상처로 인해 산산이 깨져버린 내 영혼을 치료했다. 그때 읽은 책이 총 113권이다. 수첩에 적힌 목록에는 상처를 딛고 일어선 사람들, 시련을 겪은 사람들의 이야기를 담은 자기계발서가 주류였다. 언젠가 나도 우뚝 일어서서 누군가를 위로하고 응원할 책을 꼭 쓰겠다며 성공을 다짐했다. 그 옛날의 꿈들이 15년이란 세월이 흐른 뒤에도 우주의 끌어당기는 힘으로 기적처럼 지금 책을 쓰고 있다. 책을 쓰는 이 순간은 나의 심장을 뛰게 한다.

"내가 곧 죽을 것임을 기억하는 것은, 내가 중요한 결정을 내려야 할 때 가장 도움이 되었던 도구입니다. 왜냐하면 외부의 기대, 프라이드, 부끄러움, 실패 등은 죽음 앞에서 모두 무의미해지기 때문입니다. 언젠가 당신이 죽으리라는 것을 기억하면 무언가를 잃을까봐 두려워하는 덫에 빠지지 않습니다. 이미 당신은 발가벗었습니다. 당신의 마음을 따르지 않을 이유가 없습니다."

애플의 '스티브 잡스'가 투병 중에 한 말이다. 마지막 유언으로 남긴 《생의 끝자락에서 비로소 알게 된 것들》에서 그는 이렇게 썼다.

내 인생은 전형적인 성공의 모습이었다. 부와 명예 어느 것 하나 부족함이 없었다. (중략) 나는 성공 신화 그 자체였다. 나는 일이 내 삶의 전부라 믿었다. 하지만 일을 빼면 내게 즐거움은 별로 없었다. 어둠 속, 병상에 누워 내가 볼 수 있는 것은 생명 유지 장치의 초록색 광선뿐이었다. 나는 절망했다. (중략) 이제야 나는 깨닫는다. 인생에서 삶을 유지할 만큼 적당량의 재물을 쌓은 후엔 부와 무관한 것을 추구해야 한다는 것을. 보다 중요한 것은 그 무엇이어야 한다. 어쩌면 사랑과 우정, 문학이나 예술, 또는 젊었을 시절에 가졌을 꿈…… 쉬지 않고 재물을 추구하는 것은 인생의 끝자락에서야 비로소 나처럼 후회하게 될 것이다. (중략)

이 세상에서 가장 비싼 침대가 무엇인지 아는가? 다름 아닌 병상이다. 당신은 당신을 위해 운전해줄 사람을 고용할 수도 있고, 돈을 벌어줄 사람을 구할 수도 있지만, 당신 대신 아파 줄 수 있는 사람을 구할 수는 없다. (중략) 가족들을 위한 사랑을 귀하게 여겨라.

동반자를 사랑하라. 친구들을 사랑하라. 무엇보다, 자신을 사랑하고 타인을 소중히 여겨라.

전문을 다 싣지 못하고 특히 기억 속에 남은 감동의 구절들만 수록해 봤다. 돈을 잃은 사람은 돈을 다시 벌면 되고, 물건을 잃어버린 사람은 다시 그 물건을 살 수 있지만, 건강을 잃은 사람은 그 대가를 목숨으로 치러야 한다. 전 세계를 주름잡고 성공신화를 만들어 낸 스티브 잡스가 죽음을 앞두고 남긴 유언이라 더 큰 울림을 준다.

"소 잃고 외양간 고치는 바보로 살지는 말자!"

03

평생 하고 싶은
일 찾기

행동이 언제나 행복을 가져오지는 않는다.
그러나 행동 없는 행복은 없다.

− 벤저민 디즈레일리

아침부터 내리는 장대비에 밖이 부옇다. 창밖으로 들리는 굵은 빗소리가 듣기 좋다.

베란다를 향해 길게 놓인 책상에 앉아 눈을 들면 벤자민 화분의 푸르른 이파리들이 나를 향해 얼굴을 비춘다. 나는 신숙현 대표가 선물한 책상에 앉아 그녀가 함께 보냈던 벤자민 화분에 열린 노란 열매를 지켜보았다. 그녀가 보낸 선물들이 잘 자라고 있는 걸 보니 분명 그녀의 사업도 잘되리라 생각되어 기분이 좋아졌다.

생각난 김에 나는 신 대표에게 모닝커피 한잔을 기프티콘으로 보내주고 아침 인사를 전했다. 아마 그녀는 출근길에 카페에서 베이글과 커피로 아침을 먹으면서 오늘 만날 고객들의 명단을 챙기고 있을 것이다. 나는 신 대표처럼 자신의 직업에 명쾌한 비전과 꿈을 가진 사람이 좋다. 20대 초반부터 금융 컨설턴트를 시작한 그녀는 자신의 적성에 딱 맞는다며 그 일을 정말 즐기고 좋아하는 열정이 느껴지는 알파걸이다.

또 내가 인정하는 사람 중에는 만난 지는 3~4년 정도지만 명확한 꿈을 가진 '아웃백 스테이크 하우스 미아점' 송수영 점장이 있다. 그녀를 처음 만난 것은 우리 동네 근처에 있는 '아웃백 작전점'에서 그녀가 매니저로 일할 때였다. 가족과 함께 식사를 하고 있었는데 샐러드에서 이물질이 나왔다. 그때 그녀가 사과하면서 응대해 준 것을 인연으로 그녀는 가족들과 식사 때마다 우리 부모님을 잘 챙겨 주었다. 그 모습이 인상적이어서 아웃백 본사에 칭찬의 글을 올리기도 했다. 유난히 씩씩하고 당찬 자세와 서글서글한 인상은 고객들에게 기분 좋은 모습이었고, 나는 그런 그녀가 분명히 승승장구하리라 믿어 의심치 않았다.

그녀를 다시 만나게 된 것은 신 대표와의 식사 자리를 예약할 때였다. 오랜만에 그녀에게 전화했더니, 그녀가 '아웃백 청담점'의 점장으로 승진발령을 받아 몇 주 전부터 근무 중이라는 것이었다. 어차피 신 대표도 청담동에 살고 해서 우리는 약속장소를 송수영 점장이 발령받은 청담점으로 변경했다. 커다란 축하 꽃바구니를 정성스럽게 싣고 매장을 찾았다. 아주 깔끔한 그 식당에 신 대표도 가끔 방문해 식사한다는 말에 나는 멋진 이 두 여성을 서로 소개시켜 주었다. 이렇게 두 사람과 동석을 하니 마치 여성경제인 포럼에 와 있는 느낌이었다.

지금은 청담점이 없어졌다. 아웃백 본사의 지점 감축으로 '청담점'이 폐점하게 되고 많은 아웃백의 지점장들이 감원되었기 때문이다. 하지만 송수영 점장은 탁월한 경영 능력과 아이디어로 본사의 인정을 받아 지금은 미아점장으로 근무 중이다. 이번에도 나는 그녀의 미아점장 발령을 축하하기 위해 존경하는 은사이신 박용근 교수님과 찾아갔다. 다행히도 교수님 댁이 아웃백 미아점과 20분 정도의 거리라서 더 수월하게 식사자리를 예약할 수 있었다. 고려대학교 미생물학과장으로 재직하시고 정년퇴임하신 박교수님은 내가 유일하게 만나 뵙는 은사님이자 존경하는 나의 멘토다. 교수님과 만나는 자리는 좋은 말씀으로 항상 응원해 주시기 때문에 감사하고 유쾌하고 즐겁다. 아웃백 미아점은 고려대학교 바로 근처에 있어서 여러모로 송수영 점장에게도 좋을 것이라 생각하고 소개 자리를 마련했다. 우리는 맛있는 스테이크와 환대를 받으며 기분 좋은 식사를 할 수 있었다.

그날 송수영 점장의 당차고 활기찬 모습에 박 교수님은 "아웃백 본사에서 좋은 인재를 잘 보신 것 같다."며 칭찬해 주셨다. 송수영 점장은 자신의 미래 계획과 비전을 또 한 번 응원 받는 자리가 되었었다며 나에게 감사하다고 말했다.

신숙현 대표와 송수영 점장, 이 두 리더는 자신들의 일과 사업에 너무나 열정적이다. 불철주야 노력하는 그들의 모습은 활어 같은 싱싱한 에너지를 얻게 해준다. 나는 그녀들의 에너지를 너무나 사랑한다.

성공철학의 세계적인 거장 나폴레온 힐의 저서 《나의 꿈 나의 인생》에는 '꿈을 실현하는 성공철학 13단계'가 수록되어 있다.

"내일, 내일은 늦다! 인생을 성공적으로 살아가기 위해서는 먼저 마음속에 꿈을 심어라. 꿈을 가진 사람만이 성공할 수 있고 행동하는 사람만이 이 기회를 잡을 수 있다. 바로 지금 시작하라."

나폴레온 힐의 성공철학 13단계는 이러하다.

1단계: 모든 것은 열렬한 소망에서 출발한다.

2단계: 신념이 나를 움직인다.

3단계: 자기암시는 놀라운 힘이 있다.

4단계: 전문지식을 활용한다.

5단계: 상상력에서 가능성이 나온다.

6단계: 행동할 수 있는 계획을 세운다.

7단계: 결단은 신속하게 한다.

8단계: 참고 견디는 마음을 가진다.

9단계: 유익한 협력자를 찾는다.

10단계: 성 에너지를 창조적으로 전환한다.

11단계: 잠재의식을 끌어낸다.

12단계: 잠재된 두뇌 능력을 계발한다.

13단계: 육감을 불러일으킨다.

내가 20대에 이 책을 읽었을 때는 4단계, 5단계, 6단계에만 눈길이 머물렀지만, 40대가 되어 읽어보니 과연 13단계의 항목 하나하나가 절실하게 와 닿는다. 열렬한 소망에서부터 모든 것이 출발한다. 내 소망은 신념이 되고 신념을 통한 자기 암시로 계획하고 뜻을 세운다. 확고한 결단으로 신속하게 그 계획을 수행하고 그 일이 완성되기를 기다리면서 내게 선한 에너지를 불어넣어 줄 유익한 협력자를 찾는다. 내 몸 안의 에너지를 잘 조화롭게 이용하고, 잠재된 나의 의식세계에 살고 있는 '거인'을 불러낸다. 나는 이 13단계의 순서도를 철저하게 이용하여 내 인생을 성공을 위해 매일의 시간표를 유지한다.

2007년 3월 13일 세계적인 자기계발 전문가인 브라이언 트레이시의 한국 강연에서 그는 "보이지 않는 과녁을 명중시킬 수는 없다."라는 말로 목표설정의 중요성을 특히 강조했다. 강연 한 번에 8억이라는 강연료를 받는 이 엄청난 강사는 1979년 하버드 경영대학원을 졸업하는 학생들에게 "명확한 장래 목표를 설정하고 기록하였습니까?"하고 질문을 던졌다.

오직 3%만이 목표와 계획을 세워 종이 위에 기록했다고 응답했고, 13%는 목표는 있지만 그것을 종이 위에 기록하지 않았다. 그 외 대다수인 84%는 구체적인 목표조차 없었다. 내 책상 위에는 여러 권의 노트와 수첩, 메모지 등이 놓여 있다. 해마다 사용한 수첩들에는 동일한 꿈들이 십 수년째 계속 쓰여 있다.

'저서출간', '베스트셀러 작가', '교육강연가', '자기계발 전문가', '성경동화작가' 26년간 공교육과 사교육 현장을 누비며 나는 평생 '교육자'로 살았다. 이 일은 내 생명이 다하는 그 순간까지도 함께 할 것이다.

며칠 전 건강하던 친한 선배가 심장마비로 돌아가셨다. 연말에 흥겨운 만남을 약속했던 선배의 웃는 모습이 아직도 눈에 선한데 이 추운 겨울에 싸늘하게 식어버렸다. 고인의 명복을 비는 위로의 말을 전하면서 한 지인이 내게 이렇게 말했다.

"인생은 짧습니다. 우리 지금 바로 꼭 하고 싶은 일을 하고 삽시다!"

브라이언 트레이시의 조언대로 나는 오늘 또 평생 하고 싶은 일을 진한 펜으로 노트에 기록해 놓았다.

'많은 사람들에게 내가 의미 있다고 믿는 신념을 전하는 일, 강연자!'

수많은 사람들에게 동시에 기적을 일으키는 교육의 현장, 강연회를 통해 내가 경험해 온 많은 기적 같은 변화들을 함께 공감하고, 소통하고 싶다.

04

기대를 현실로 바꾸는
혼자만의 시간

진정한 여가를 즐기는 사람이
그의 영혼의 재산을 늘리는 시간을 갖는 사람이다.
– 헨리 데이비드 소로

요즘 컴퓨터 디바이스들은 기능도 좋고 휴대가 간편한 제품들
이 참 예쁘게도 출시된다. 노트북이 있음에도 불구하고 나는 자
꾸만 10.1인치 디바이스가 유난히 좋았다. 하지만 구입하기에는
만만치 않은 비용인지라 마음속에 담아 놓기만 했다.

어느 날 홈쇼핑 채널을 통해 EBS 전 과정이 탑재된 8인치 탭
(Tab)을 150일간의 학습미션을 수행하고 성공하면 구입비용을 모
두 반환해 준다는 일명 '빡공 프로젝트'를 판매하고 있었다. 학습
미션은 150일간 하루 2시간씩 EBS 동영상 강의를 공부한 후 500
자 이상의 학습일기를 제출하면 성공하는 것이다. 단, 조건이 있
다. 중간에 실패하면 무조건 탈락, 학습일기의 보고서 양식이 맞
지 않아도 탈락, 하루 2시간(120분)을 채우지 못해도 탈락, 과제

전송을 오후 11시 50분이 넘어도 탈락되는 까다로운 조건이다. 결코 쉽지 않은 미션이었지만 그래도 성공하면 '갤럭시 탭'이 공짜로 생긴다. 공부도 하고 돈도 벌고 기계도 생기고 이거야말로 엄청난 윈윈전략이 아니던가! 당장에 구매등록을 했다. 4일이 지나자 예쁜 '갤럭시 탭'이 도착했다.

2014년 7월 22일. 미션 시작.

주사위는 던져졌다. 나는 8월에 떠나기로 약속한 여름 휴가를 취소하고 'EBS 빡공 프로젝트'에 몰입했다. 처음 일주일간은 꽤 순조롭게 진행되었다. 그런데 약 10일 정도 진행되자 이런 저런 일상에 밀려 제대로 수행하기가 차츰 힘들어졌다. 말이 두 시간이지 학생도 아닌 직장인이 한 자리에서 두 시간 동안 책상을 지키는 게 쉬운 일이 아니었다. 가족들에게 알리지 않고 비밀미션을 수행하자니 오해도 생기고 복잡한 일투성이라서 결국은 150일 학습 미션 중이라는 이야기를 해서 양해를 구했다.

"아주 별걸 다해요. 호호. 언니가 수험생이야?"

"대단해요! 정말 난 그런 거 꿈도 못 꾼다."

"150일이면 언제까지 그걸 해야 되는 거래?"

"암튼, 대단한 엄마여. 꼭 성공하시오!"

어차피 고등부 수능준비를 위한 EBS 연계강좌를 수업 준비해야 하는 내 입장에서는 꿩 먹고 알 먹고, 1석 3조의 좋은 시간이었다. 당시 고2였던 딸에게도 엄마가 150일 동안 목표에 집중하는 모습을 보일 수 있어서 긍정적인 교육 효과를 줄 수 있다고 믿었다. 하지만 내 주변 사람들은 지독스런 엄마 때문에 딸이 더 공부하기 싫겠다고 찬물을 끼얹은 말을 하기도 했다. 그런 부정적인 말들에 상처도 받았지만, 힘들기만 했던 것은 아니었다.

40여 일 동안 미션을 성공적으로 수행하고 있을 때였다. 그때는 추석 명절이 되어 부모님 집에 모여서 명절 음식도 만들고 독수리 5형제가 오랜만에 한 자리에서 만나게 되었다. 저녁을 먹고 다들 TV 앞에 앉아 있을 때 나는 조용히 아버지 서재로 들어가 두 시간 미션을 하려 했다. 그런데 문제가 생겼다. 부모님 댁에 무선으로 와이파이 신호가 잡히지 않는 것이었다. 데드라인 시간인 밤 9시 30분이 다 되어서야 이 사실을 알게 되었다. 나는 사색이 되어 방을 뛰쳐나왔고, 해결 방법을 찾기 위해 난리법석으로 소리쳤다. 그런 나를 위해 가족들은 각자의 스마트폰을 동원하여 핫스팟을 열어 주었다. 다행히 동영상 자료들이 열렸고 무사히 수업이 진행될 수 있었다. 일단 두 시간 동안의 과제를 마쳤다. 무사히 제출하고 나서야 나는 겸연쩍은 웃음을 띠며 서재 밖으로 나왔다. 가족들에게 오만 법석을 떨었어도 오늘의 과제를 완수했으니 뭐든 말만 하면 노예가 되어 다 들어주겠다는 말로 고마움을 표시했다.

지독해 보이는 나의 행동을 이제는 캐릭터로 인정하는 듯 사서 고생한다는 말들을 했지만, 이 나이에도 그런 열정을 쏟고 있는 내가 자랑스러웠는지 끝말은 모두들 대단하다는 칭찬으로 마무리해주었다. 그리고 150일까지 꼭 성공해서 장학금을 돌려받으라는 응원도 덧붙였다.

나는 매일의 미션을 철저하게 수행했다. 학습일기를 잘 정리하여 150일 마지막이 되었을 때 벅차오르는 감동으로 혼자 흥분했다. '이럴 땐 누구라도 축하해 주면 좋은데……' 나는 혼자 여느 때와 같이 책들이 잔뜩 쌓인 책상에서 탭 하나 켜놓고, 노트에 기록해가며 마지막 수업에 집중했다. 꼼꼼히 정성을 다해 마지막 한 자까지 학습보고서를 마치고 나서야 비로소 허리를 쭉 펴고 기지개를 켰다.

150일 미션의 최종 승인이 합격으로 발표되고, 2주가 지난 후 내 통장으로 72만 원의 장학금이 입금되었다. 8인치 탭 디바이스는 벌써 나의 딸 소정의 학교 책상 위에서 그녀의 공부를 돕고 있었다.

그로부터 한 달 후 나는 또 한 번의 'EBS 빡공 프로젝트 150일' 장학금 이벤트를 신청하여 150일간 또다시 동굴 속에서 마늘 먹는 곰 마냥 9시 이후의 회식과 만남은 일체 차단한 채 미션을 수행했다. 첫 번째 탭을 딸에게 뺏겼기 때문에 내 탭을 얻기 위한 150일의 수행이었다. 이번에도 나는 인고의 성실함으로 150일 미션을 훌륭히 완수하고 성공담 후기까지 완벽히 갖추어 깔끔히 성공했다.

300일을 이렇게 보냈더니 내 주변에서는 이제 8시 이후에 연락하는 사람이 없게 되었다. 자연스럽게 10시 퇴근 후에는 혼자 책을 보거나 공부를 하는 시간으로 자리가 잡히면서 인간관계는 예전보다 더 좁아졌지만, 내 인생에 다른 꿈을 준비할 시간을 갖게 되었다.

나는 두 번째 통장으로 입금된 EBS 빡공 장학금 72만 원과 예쁜 탭을 갖게 되었다. 그 후 항상 공부하던 하루 2시간을 이용하여 '심리 상담사' 공부를 시작했다. 청소년 진로상담 전문가와 동기부여 강연자가 꿈인 나는 10대 청소년들에게 꿈을 찾는 소통 멘토가 되기 위해 준비해 왔다. 그래서 학원으로 찾아오는 학생들이나 학부모님들에게 무료로 하는 진로 상담을 성실히 해준다.

2개월간 '심리 상담사'를 공부한 후에 자격증을 취득하고, 다음에는 '진로적성상담사'와 '인성 지도사' 수업을 함께 공부해서 각각 10월에 최종 합격해 자격증을 취득했다. 내가 자격증에 욕심이 있어서 한 일은 아니다. 〈에듀멘터 드림 센터〉 건립이라는 큰 꿈이 있기 때문에 시작한 일이었다.

나는 청소년들의 교육에 더 큰 지원과 육성을 하는 '교육 사회 기업가'가 되고 싶다. 현재 학원을 운영하는 이유도 마찬가지다. 지금도 학원을 통해 배출된 수많은 제자들이 대학생이 된 후에도 외국계 대학으로 교환학생이 되어 더 많은 경험을 할 수 있도록 상담을 해 준다. 물론 어른들의 꿈도 응원하지만, 나는 어린 제자들의 꿈을 더 크게 꾸도록 격려하는 말을 많이 해 준다. 미래의 인재가 될 제자들에게 항상 큰 소리로 말한다.

"Be born again as a Cosmopolitan! (세계인으로 다시 태어나라!)"

꿈은 동기를 불붙여 준다. 태어나기는 인천의 작은 곳 계양구에서 태어났지만 큰 꿈과 비전을 갖고 코스모폴리탄(세계인)으로 성장하라는 말이다. 잠은 새우잠을 자더라도 꿈은 고래같이 큰 꿈을 꾸라는 말이 있다. 마음을 다잡고 공부하는 시간만큼 나를 성장시키는 시간은 없다. 모두와 어울리지 못해 도태된다고 억울해할 필요는 없다. 가끔은 너무 외롭고 혼자인 것이 힘들 때도 있을 것이다. 하지만 나는 나와 같은 꿈을 꾸면서 외로운 싸움을 치열하게 하고 있는 세계 곳곳의 구석진 노력형 인재들이 세상을 바꿀 성공인이 될 것이라 굳게 믿는다.

꽃이 피기 위해 식물은 새싹을 틔우고, 충분한 시간을 지내야만 꽃을 피운다. 열매를 얻기 위해 나무는 뿌리를 내리고 줄기를 높인 후 긴 가지로 수많은 잎사귀를 만들어 달리게 한다. 열매 맺고 씨를 얻는 시간은 억지로 당긴다 하여 생기지 않는다.

인생도 마찬가지다. 지금 꿈꾸는 희망과 기대를 현실로 만들기 위해서는 철저히 혼자만이 감당해야 하는 인고의 시간이 필요하다. 누구라도 그 시간 없이 이뤄진 성공은 없다는 것을 명심하자.

생텍쥐페리의 《어린 왕자》 속에는 이런 말이 나온다.

네 장미가 소중한 이유는
네가 장미를 위해 들인 시간 때문이야.
넌 내게 이 세상에 하나뿐인 존재가 되고
난 네가 이 세상에 하나뿐인 존재가 돼.
네가 날 길들이면 우린 서로가 필요해져
별들이 아름다운 건
보이지 않는 한 송이 꽃 때문이야.
가장 중요한 건 눈에 보이지 않아.
마음으로 보면 항상 함께할 거야.

우리 모두가 인생에서 우리만의 기대와 희망을 걸고 사는 것
은 오직 나만의 일인 것들이 많다. 그러니 혼자서 짊어진 짐이라
여기며 괴로워하지 말자. 내 인생이 아름다운 것은 내가 지고 온
짐을 풀었을 때 그 짐 안에 들어있는 보물들이 온전히 나의 것이
되기 때문이다. 나는 믿는다. 혼자만의 시간을 값지게 쓰는 사람
은 반드시 성공한다.

05

인생에서
후회는 당연하다

> 지나간 시간에 후회하는 삶보다는 다가오는 삶에
> 의미를 부여하는 시간이 훨씬 아름답다.
>
> – 톨스토이

MBC 오락 프로그램 중에서 한 리포터가 성별, 연령별로 〈내 인생에서 후회되는 일〉이란 제목으로 조사한 결과를 표로 보여주었다. 흥미로운 결과가 눈에 띄었다.

남성은 10대부터 50대까지 가장 후회되는 1순위로 '공부 좀 할 걸'을 꼽았다. 60대 남성은 '돈 좀 모을 걸' 그리고 70대 남성은 '아내 눈에 눈물 나게 한 것'이 각각 평생 후회되는 1순위로 집계됐다.

이에 반해, 여성의 경우 10대부터 40대까지의 가장 후회되는 1순위가 '공부 좀 할 걸', 50대에서는 '애들 교육 신경 더 쓸 걸', 60대에서는 '애들에게 더 잘할 걸' 그리고 마지막 70대에서는 '배우고 싶었는데'가 인생에서 가장 후회되는 일들이라고 밝혔다.

자칫 오만하게 들릴 수도 있겠지만, 내 인생에 있어서는 여성들의 후회된다는 항목을 다 실천하고 있어서 후회될 만한 것이 없었다. 대신 딸에게 더 잘하지 못한 것은 마음에 걸린다. 딸이 어렸을 때는 내 교육 방식에 주눅이 들어 눈치를 보며 보이지 않게 반항도 했었다. 하지만 학년이 올라갈수록 엄마의 교육에 대한 진의를 발견하고 진심으로 미안하게 여겼다.

이 또한 시행착오로 딸의 인생에서 후회를 통한 값진 교훈인 것을 알기에 말없이 나는 딸을 다시 한 번 더 응원하고 있다.

공자께서 말하기를,
"이미 끝난 일을 말하여 무엇하며, 이미 지나간 일을 비난하여 무엇하리."

어떤 일이든 준비하는 동안 최선을 다하면서 그 일을 망쳤을 때 올 수 있는 리스크까지도 함께 대비하는 것이 바른 자세라고 나는 믿는다. 내 딸이 어떤 일에 최선을 다하지 않고 실망스러운 결과를 가져왔을 때마다 나는 공자님의 말씀으로 마음을 다독이곤 했었다. 그리고 끝난 일에 대해서 쉽게 잊지 않도록 세상을 그렇게 살지 말라는 훈계를 남겼다. 내 딸은 소중하니까 올바른 생각으로 삶을 살아주길 바라기 때문이었다.

"우물쭈물하다 내 그럴 줄 알았지!"라고 알려진 유명한 버나드 쇼의 묘비 원문을 보고, 사실은 그 뜻과 완전히 다른 것에 좀 의 아했었다.

"I knew if I stayed around long enough something like this would happen!"

굳이 번역하자면 "나는 알았지. 무덤 근처에서 머물 만큼 머물면 이런 일(무덤 속으로 들어가는 일)이 일어나리라는 것을!" 정도다.

아마도 우리나라 사람들의 성향을 감안하여 더 강력한 메시지를 전하고자 각색하여 번역한 명언이라고 생각한다. 어쨌건 나는 그 유명한 쇼가 남긴 충고를 단지 쓴웃음 한방에 흘려들어서는 안 된다고 믿었다.

후회 없이 사는 인생이 어디 한 사람이나 있겠는가. 누군가에게 후회스러움은 다른 누군가에게는 대수롭지 않은 일이기도 하고, 반대로 누군가에게 평범한 일들이 어떤 이들에게는 강력한 열정을 꿈틀대게 한다는 것을!

워런 버핏의 지혜를 듣는 한 강연장에서 독일에서 온 한 고등학생이 물었다.

학생 : 인생을 다시 살게 된다면 무엇을 하고 싶은가요?

워런 버핏 : 저는 (다시 태어나도) 같은 직업을 택할 것 같아요.
저는 제 일을 즐깁니다. 몽유병 환자처럼 인생
을 사는 것은 아주 큰 실수입니다.

세상의 모든 성공자는 실패하지 말라고 조언하지 않는다. 인생
에서 실패는 당연하고 후회가 되는 것도 당연하다고 말한다. 하지
만 성공을 하기 위해서는 그 일을 반복하지 않아야 한다고 충고
한다. 똑같은 실수는 바보만이 하는 것이다.

나는 3년이라는 짧은 결혼생활을 끝내고, 그것보다 5배나 긴
세월을 보냈다.

"지금 우리 나이에 부부가 사랑으로 사니? 의리로 사는 거지."

아옹다옹하면서도 20여 년이 넘는 부부생활을 유지하는 친구
들을 보면서 '만약 지금도 내가 그 사람과 함께 산다면?'하고 자
문해 볼 때가 있다. 결론은 언제나 더 불행한 결말을 생각하곤 한
다. 그래서 헤어짐에 후회는 없지만, 든든한 남편의 내조자로 의리
를 지켰을 나를 볼 수 없다는 사실에 쓸쓸해진다.

나에게 있어 가장 후회스러운 일을 꼽으라면 20대든, 30대든
인생을 즐길 줄을 몰랐다는 것이다. 내 안에 깃든 소심함과 두려
움으로 새로운 도전을 더 적극적으로 행동해 보지 못한 것에 가

장 후회스러움이 남는다.

만약 1997년으로 돌아가 부모님께 결혼 허락을 구하기 위해 찾아온 그가 망설이다 거절하고 돌아선 그를 다시 안아주지 않았더라면, 지금쯤 외국에서 공부하며 늙어가는 골드미스가 되었을 것이다. 나는 언제나 배움에 목말라했다. 항상 누군가 나를 물심양면 후원하는 인생의 "키다리 아저씨"가 존재해주길 바라왔었다. 그 대상이 사랑하는 나의 배우자이길 소망하면서 말이다.

나는 지금도 더 적극적으로 패기 있는 멋진 여성으로 살지 못한 소심한 '나'를 후회한다. 센 이미지로 욕먹었으면 더 당차고, 더 세게 살아서 입이 떡 벌어질 정도의 성공이라도 해야 했을 텐데…… 아직은 내가 만족한 '나' 자신이 되지 못함을 매 순간 후회한다. 그러나 나의 후회는 그저 땅바닥에 주저앉아 신세 한탄만 하는 그런 '루저'가 되지는 않을 것이다. 더 맹렬하게 20대의 열정적인 꿈을 위해 더 적극적으로 나서지 못한 것을 후회하고, 30대의 사랑과 결혼을 위해 더 철저하게 따지지 못한 나 자신을 후회한다.

30대의 커다란 인생 반전으로 인해 나의 인생 모토는 나약한 표정을 짓고 한숨을 쏟아내며 항변하는 "만약에~"가 아니라, 두 주먹을 불끈 쥐고 눈빛을 다잡으며 외치는 "그럼에도 불구하고~"가 되었다.

지금까지 혼자 흘린 눈물도 참 많다. 주변의 오해에 내 마음을 다 전할 수 없어서 억울함에 울었고, 혼자 외로움을 다 감당하며 중요한 결정들을 내려야 할 때 뼛속까지 혼자라는 사실에 뜨거운 눈물을 흘렸다. 동시에 두 인생을 감당하며 살아야 하기에 매 순간들을 만화 영화 속 '아수라 백작'처럼 명확하게 판단하려고 몇 배는 정신을 바짝 차리고 살아야만 했다.

친구들과 흥청거리며 흔들리고도 싶은 유혹도 많았지만, 한순간의 즐거움을 맛보고 나면 더 초라하고 비참해 보일 내 인생을 홀대하고 싶지 않았다. 그래서 나의 30대는 치열하게 일만하고 독한 엄마로 딸을 키운 그 모습밖에 다른 추억이 없다.

내가 평생 하고 싶은 '공부'는 쉽지 않다. 재미있는 일은 아니지만, 나는 그 일을 하고 있을 때 힘들어도 행복하다. 그래서 공부하는 시간들에는 후회가 없다.

대중음악 그룹인 '들국화'의 애절한 노랫말 속에는 이런 시적인 표현이 있다.

그대여 아무 걱정 하지 말아요.
우리 함께 노래합시다.
그대 아픈 기억들 모두 그대여
그대 가슴에 깊이 묻어 버리고
지나간 것은 지나간 대로 그런 의미가 있죠.

떠난 이에게 노래하세요. 후회 없이 사랑했노라 말해요.

그대는 너무 힘든 일이 많았죠.

새로움을 잃어버렸죠.

그대 힘든 얘기들 모두 그대여

그대 탓으로 훌훌 털어버리고

우리 다 함께 노래합시다. 후회 없이 꿈을 꾸었다 말해요.

'후회'란 후회하는 사람이 후회할 때 비로소 후회가 된다.

하고 싶고, 갖고 싶고, 되고 싶은 것이 너무 많아서 매 순간마다 후회하고 반성하면서 열심히 인생을 살아왔노라 말해보자. 이왕 인정하고 받아들일 후회라면 단번에 수긍하고 멋진 자세로 후회를 만회할 전략을 다시 짜고 싶다! 나는 아직 버나드 쇼처럼 무덤 가까이에 가지 않았고, 벌써 무덤으로 들어갈 생각은 손톱만큼도 없다.

06

한 번도 상처받지
않은 것처럼 남을 대하자

인생의 가장 큰 기쁨은 당신은 할 수 없다고
말하는 사람들에게 무엇인가를 하는 것이다.

– 월터 게이지 핫

"원장님은 참 멋지게 사는 것 같아요. 언제나 봐도 열정이 넘치고 씩씩하세요. 남편께서 좋아하시겠어요. 우리 남편은 저보고 맨날 무식해서 용감하다고 나가서 좀 배우래요. 호호호."

언제나 해피 바이러스가 넘치는 B는 오늘도 수업료를 등록하고, 녹차 한 잔을 내놓는 나에게 기분 좋은 칭찬을 건넸다. 시장을 다녀오는지 편안한 통바지 차림으로 손에는 검정 비닐봉투가 들려있었다.

"그렇게 보이나요? 멋지게 봐 주셔서 감사합니다."

"원장님이 잘 가르쳐 주시니까 우리 애가 엄청 많이 변했어요. 책이 어디 있는 줄도 모르고 다니던 녀석이 이제는 안 하던 복습도 하고, 학원가방이랑 학교가방도 챙길 줄 안다니까요. 호호호."

언제 들어도 B의 웃음소리는 재미있다.

"아참! 원장님 순대 좋아하세요? 아, 혹시 이런 거는 안 드시나요? 여기 시장에 정말 맛있게 하는 순댓국집이 있는 데요. 그 집이 지금 막 순대를 젤 맛있게 쪄났다고, 거기 사장님께서 부르는 거예요. 원장님 생각나서 우리 신랑 먹을 거랑 2인분 사 왔는데 한번 드서 보세요. 아직 따뜻하니까 전자레인지에 안 데워도 돼요. 거기다 돌리면 순대 껍질이 고무처럼 질겨지거든요. 호호호. 간이랑 염통이랑도 막 달라 했어요. 제가. 호호호."

벌써 4년째 아들을 우리 학원에 보내고 있는 B는 트레이드마크가 '호호호' 웃음과 '막막 여사'님이다. 말 한 문장마다 '막'이란 추임새를 막 써 대서 붙여진 별명이다. 내 첫인상에 대해서도 다른 학부모들과는 다르게 직설적으로 말해 버리는 통에 등록 한 달이 지날 동안 나는 그녀의 아들을 계속 가르쳐야 할까 은근히 걱정한 적도 있었다. 그랬건만 벌써 우리의 인연이 4년이나 되어 간다니, 감회가 참 새로웠다.

나는 5~6년 전만 해도 순댓국, 순대, 곱창, 양, 천엽, 선지 뭐 이런 음식들을 먹어본 적이 없었다. 물론 아직까지도 곱창, 대창, 막창, 천엽은 한 번도 먹어본 적이 없지만 말이다. 그다지 먹어볼 엄두도 안 나는 게 솔직한 심정이다.

내가 순대와 순댓국을 먹기 시작한 것은 오래전, 어느 어머님의 말 한마디 때문이었다. 시장 통로에서 파전과 순대를 팔던 그 어머님은 단골 고객이 꽤 많았다. 당시 파전도 순대도 안 먹던 나는 간식으로 파전과 순대를 보내실 때마다 다른 반 선생님들을 줘 버려서 그 맛을 모르고 있었다. 그걸 눈치채셨는지 어머님은 어느 날 귤을 한 봉지 사 들고 오셨다. 평소 간식을 건네고 바로 돌아가시던 때와는 달리 커피 한잔을 달라고 하셨다. 나는 자녀에 대한 이야기를 하실 거라 예상하며 원장실에 어머님과 마주 앉았다. 커피를 타서 드린 종이컵을 두 손으로 감싸 안고 한 모금을 마신 후 나를 보고 싱긋 웃으며 낮게 말했다.

"선생님, 저도 제가 피아노 치던 손으로 시장에서 파전이나 붙이고 순대를 팔 줄은 몰랐어요. 이렇게 맛있는 커피는 몇 년 만에 처음 마시네요. 역시 커피는 뜨거워야 제맛이예요."

나는 그녀가 피아노를 전공한 엘리트였단 사실에 놀라기도 했지만, 그녀가 구사하는 말이 너무도 우아하고 매너 있는 어투에 순간 얼어버렸다. 종이컵의 커피는 순식간에 비워져서 나는 내 컵의 커피를 재빨리 그녀의 컵으로 옮겨 담았다. 미소와 함께 묵례를 하듯 고개를 살짝 숙이고는 남은 커피를 또 맛나게 마셨다.

"이상하죠? 예전에는 드립커피, 블랙커피만 마셨는데 인생이 너무 쓴가 봐요. 이제는 쓴맛 나는 것은 보약이라도 먹기가 싫어요."

나지막이 웃으면서 내게 말하는 그녀가 순간 각설이 복장을 입고 연기를 하는 배우처럼 보였고, 마치 감독의 큐 사인을 기다리며 커피를 마시는 듯한 착각을 일으켰다. 내가 많이 놀란 것을 다 안다는 표정으로 그녀는 온화한 미소를 한 번 더 보여 주면서 말했다.

"놀라셨나 봐요. 저는 선생님께서 다 알고 계시는 줄 알았는데……."

"무슨?"

"어제 옆 반 선생님이 제가 만든 파전이 맛있다고 시장에 사러 친구랑 오셨는데 알고 보니까 함께 온 분이 제 친구의 남동생이었어요. 제 친구는 제가 남편 따라 외국에서 잘 사는 줄 알거든요. 그래서 비밀을 지켜 달라고 했는데 오늘 아침에 시장에 나가니까 친구가 득달같이 와서 기다리고 있었어요. 창피하기도 하고 미안하기도 해서 피하고 싶었는데…… 보통 성질이 아니거든요. 제 친구가요. 제가 오늘 물건이랑 재료 다 팔아야 얼굴 맞대고 얘기한다니까 부녀회, 노인정, 여전도회, 교회 임원들까지 다 불러서 한나절도 안 돼 다 팔고 바닥을 내놓더니 순대 바구니를 부여안고 제 등 뒤에서 펑펑 우는 거예요. 휴…… 알지요. 친구가 시장바닥에서 그러고 있는 걸 봤으니 가슴이 찢어졌겠지요. 하지만 오늘은 제가 아주 행복합니다. 선생님, 친구 덕분에 돈도 많이 벌고 일찍 끝나서 오늘 우리 아들이랑 함께 들어가려고 데리러 왔어요."

"잘 오셨어요. 금방 수업 끝나니까 잠시만 여기 계세요. 혹시 블루마운틴 좋아하시면 저랑 한 잔 더 하실래요? 어머님도 커피 좋아하시는 것 같은데요. 달달한 커피 두잔 드셨으니 어떠세요?"

학부모들 앞에서는 좀처럼 안 부리는 애교와 함께 블루마운틴 티백을 흔들어대는 내 모습이 좋았을까, 어머님은 말없이 두 엄지를 척 들어 올려 보여주었다. 내가 커피를 만드는 동안 아이들은 수업이 끝났고, 나는 서둘러서 커피를 들고 주방을 빠져나갔다.

"엄마, 제발요! 한 번만요! 생일파티 처음 초대받은 거란 말예요. 딴 애들은 나 초대도 안하는데 정우만 나를 친구라고 대해준단 말이에요. 돈 없으니까 선물도 안 사와도 괜찮다고 했어요. 돈 달라고 안 할게요. 제발 생일 파티에만 가게 해 주세요. 롯데리아에서 걔네 엄마가 햄버거랑 콜라랑 생일 파티 다 준비해 놨다는데 지금 빨리 가야 돼요. 오늘 엄마는 왜 이렇게 빨리 온 거예요? 매일 한밤중에 오면서……."

수업이 끝난 강의실에 아이들은 다 빠져나가고, 엄마와 아들의 대화가 학원에 울려 퍼졌다. 나는 재빨리 학원 아이들의 생일 선물로 준비해 뒀던 1만 원 상당의 문구세트를 학원 스티커만 떼어내서 들고 두 모자 곁으로 갔다.

"아, 그럼 잘됐네요. 어머님은 저랑 함께 저녁 드실래요? 정우 어머님이 학원 애들 거의 다 생일파티에 초대해서 안 가면 그 돈 다 날려요. 아깝잖아요. 먹고 놀다가 오라고 하세요. 자, 이건 정우 선물로 들고 가. 오늘 선생님이랑 엄마랑 데이트 좀 할게. 1시간 뒤에 롯데리아로 엄마가 데리러 가실 거야. 알았지?"

신이 나서 뛰어나가는 아들을 보며 어머님은 나에게 묵례를 하셨다. 두 눈에는 눈물이 그렁그렁했다.

"어쩌죠? 제가 기가 막히게 블루마운틴 커피를 만들었는데 다 식어버렸어요. 힝!"

애교도 느는 건지 나 조차도 오글거리는 말투에 흠칫 놀랐지만, 한편으론 나도 이런 걸 부릴 줄 알았다는데 웃음이 났다.

"그럼 선생님, 제가 맛있는 순댓국 한 그릇 대접할게요. 우리 아들 기 살려 주셨는데 제가 밥이라도 한 그릇 대접하고 싶어요."

"아, 네! 그러세요. 감사히 먹겠습니다"

정중히 배꼽 인사를 하는 내가 귀여운 듯 환하게 웃어 주었다. 저렇게 우아하게 순댓국을 사 준다는데 어떻게 '순댓국 같은 것은 내 평생 한 번도 안 먹어 보았소!' 하고 말할 수 있겠는가.

그날 나는 생애 처음으로 순댓국을 먹었다. 새우젓을 넣어 간을 맞추고 부추를 곁들여 먹는 토부리 병천 순대 곰탕이었다. 내가 다른 순댓국을 못 먹을 거라 예상한 어머님이 일부러 맑은 곰탕 국물처럼 뽀얀 순댓국으로 사 주었을 거라고 지금도 생각된다. 처음에는 약간 냄새도 나고 머리고기와 부속들도 있어서 수저로 살짝 밀어놓고 국물만 연신 떠먹었다. 맛있었다. 통통한 새우젓의 짠맛이 이렇게 섞여서 간을 맞춘다는 것도 알게 되었다.

"선생님! 고마워요."

"아니에요. 이렇게 맛있는 밥도 사주시는데 제가 감사하지요."

"선생님 볼 때마다 제가 행복했던 결혼 전 모습 같아서 가끔씩 보고 가곤 했어요. 저도 참 씩씩했는데……. 가끔은 교회에 기도하러 갔다가 피아노를 보면 미친 듯이 치고 싶어요. 근데 피아노에 손을 대면 다시는 시장에 가서 파전이나 순대를 들고 나르기가 죽기보다 싫을 것 같아서 피아노 근처에도 안 가려고 참았지요. 저도 제가 이렇게 살 줄은 꿈에도 몰랐답니다. 선생님을 보면서 참 부러운 적이 많아요. 항상 봐도 꼿꼿하고 우아하고, 단정하고, 예쁘세요. 선생님 남편은 좋으실 거예요. 행복하게 사세요. 좋은 분이실 것 같아요."

내 인생의 첫 순댓국을 선사하신 어머님은 나에게 배부름과 아름다운 미소를 남기고 아들에게 가셨다. 그 후로 어머님은 친구의 지인이 하는 피아노학원에 강사로 채용되어 부천으로 아들과 이사를 했고, 더 이상 파전과 순대는 팔지 않게 되었다.

그 후로 한두 번 정도 연락이 더 왔지만 이내 소식은 끊어졌다. 지금도 어디에 계시든 행복하게 사시길 바라고 있다. 나에게 씩씩하고 항상 열정적으로 사는 모습이 부럽다는 사람들이 있다. 그들은 내가 결혼 3년 만에 남편에게 헌 옷 같은 신세가 되어, 딸과 함께 십여 년째 혼자 살아가고 있다는 사실은 꿈에도 모를 것이다. 그래도 참 다행이다. 전혀 그렇게 보이지 않는다니…….

지금까지 나는 세 살짜리 딸과 함께 살기 위해서 엄청난 고생을 하며 힘든 날들을 견뎌왔다. 그런 내 모습이 고생 한번 안 한 것처럼 보이고, 한 번도 상처받지 않은 것처럼 당당해서 부러움의 대상이었다니 너무나 다행이었다.

집으로 돌아오는 길에 켜져 있는 가로등의 불빛들이 오늘따라 유난히 더 밝아 보인다.

07

가족보다
나 자신을 먼저 챙겨라

나는 내가 생각하기 원하는 것을 생각하고,
걷고 싶은 거리를 걷고, 읽기 원하는 책들과
보고 싶은 친구들을 만나기에 하루하루가 여전히 짧다.

– 존 버로

8월의 어느 무더운 여름날. 에어컨을 하루 종일 돌리고 있는데도 교실은 후끈한 열기가 여전하다. 며칠이라도 휴가로 쉴 수 있다는 것에 감사하며 방학 전 마지막 수업을 정리했다. 아이들도 집집마다 가족 휴가로 일정이 화려했다. 역시 여름은 아이들에게 즐거운 계절이다. 교실을 나가 복도를 걸으면 시멘트벽 위로 쏟아진 태양 열기가 내 얼굴을 향해 다시 숨을 내뿜는 것처럼 후끈하다. 모든 수업을 마친 교실들을 정리했다. 전기와 문단속을 꼼꼼히 하고 마지막으로 정수기의 코드를 뽑았다. 3~4일 동안 비워질 학원에 사고를 우려해서 전체 차단기까지 내린 후 학원 건물을 빠져나왔다.

"학원 방학 언제냐?"

아버지의 전화였다. 늘 여름휴가 때마다 하루 이틀씩은 부모님과 함께 모였기 때문에 이번에도 기대하고 있는 눈치였다.

"애들이랑 상의해보고 다들 언제 모일 수 있는지 알아보고 전화 다시 드릴게요."

"응, 그래. 소정이는 왔냐?"

"아뇨! 고3이 무슨 방학…… 토요일에나 나올 거예요."

"그래, 알았다."

아버지의 목소리는 힘이 빠진 소리로 변해 버렸다.

"내일 점심 사 드릴게요. 울 아부지 좋아하는 복 먹으러 가요. 내일 12시에 엄마랑 나오세요. 오늘은 편히 주무시고요."

"오냐. 고맙다."

언제나 휴가를 맞아도 우리만, 나만 생각한 휴가를 단 한 번도 가진 적이 없었다. 늘 가족들과 함께하는 휴가를 보냈기 때문이다. 마음 한편에 항상 제대로 휴가다운 휴가를 지낸 적이 없다는 불만을 달고 살았다. 따지고 보면 내가 혼자 가족들을 제치고 여행을 떠난다 해도 뭐라 할 사람도 없는 데 말이다. 그런데 마치 그러면 안 될 것 같은 죄의식에 싸여 항상 가족들과 함께하려는 내 마음을 몰라준다고 푸념만 했던 것 같다.

"신미야! 이번엔 소정이도 기숙사에 있으니까 제발 집에 박혀 있지 말고 어디든 집 밖으로 나가 봐라. 꼭!"

"언니는 이번에도 애들 데리고 시댁 가는 거야?"

"아니, 이번엔 시어머님이 우리 집으로 올라오셔서 함께 지내기로 했어."

"이 찜통 속에 식구들 밥해 대느라 울 언니 또 힘들겠네."

"어휴. 난 애들 방학이 싫다. 아침 먹고 돌아서면 점심 뭐 먹냐고 하고, 좀 지나면 저녁밥 해야 하고. 그놈의 밥, 밥, 밥! 덥다, 더워."

아들 삼 형제를 키우는 언니는 방학만 되면 삼시 세끼를 준비하느라 고역이라고 말한다.

언니와의 통화를 끝내고 책상에 앉아 달력을 봤다. 고3이 된 딸과 함께하는 휴가가 아니라는 생각에 뭔가 홀가분하고 자유로운 기분이 훅 밀려왔지만, 한편으로는 섭섭함이 있었다. '시원섭섭하다'라는 말이 딱 들어맞는 기분이랄까?

혼자라서 맛있는 식당에 가서 뭘 먹기도 그렇고, 같이 먹자니 3인분 이상으로 늘어나는 비용이 부담스럽고, 혼자 여행을 떠나자니 밤에 덩그러니 있는 게 집이나 매한가지 인 것을 왜 돈을 들이나 싶고……. 정말 착한 여자 콤플렉스에 싸여 살았더니 이건 착한 여자가 아니라 완전 결정 장애 미숙아 같은 여성 한 명이 앉아 있는 것 같았다. 그래서 이번에는 무조건 펜과 종이를 가져와서 일단 하고 싶은 일들을 써 내려갔다.

1. 영화 보기 : 출근 걱정 없이 실컷 밤새워 영화 보고 늘어

지게 잠자다가 배고플 때 일어나기

2. 전시회장 또는 공연 관람하기 : 서울 근교에 공연장
   찾아가서 문화생활 하기

3. 식사하기 : 좋은 사람과 만나 밥 먹고 커피 마시며 시간
   에 쫓기지않고 하루 종일 만나기

4. 푸르른 나무 보러 떠나기 : 메타세쿼이아길(남이섬),
   아침고요수목원, 제이드가든

5. 커피 박물관 방문하기 : 커피 향 가득한 곳에서 흠뻑
   취해 하루 종일 기웃거리기

막상 써 놓고 보니 내가 할 수 있는 일들과 시간, 장소 등이 현실화되면서 가시적인 계획이 머릿속에 그려졌다. 가장 하고 싶은 것과 정말 시간 여유가 있어야 할 수 있는 일을 우선적으로 골라서 정리한 것이다. 나는 푸르른 나무를 보고 싶다는 생각이 가장 컸다. 그래서 '메타세쿼이아' 숲을 보기 위해 장소를 가평으로 정했다. '메타세쿼이아' 길로 유명한 남이섬에는 나중에 딸과 부모님과 가족여행 코스로 가기로 마음먹었다. 왜냐하면 당일로는 여유를 만끽할 수 없기 때문이다.

그렇게 휴가 첫날은 부모님을 모시고 점심 식사 후 에어컨이 빵빵하게 나오는 조용한 카페에 셋이 앉아 우아하게 커피를 마셨다. 아침에 나왔는데 점심 먹고 헤어지니 거의 4시가 다 되었다.

차를 돌려 근처에 있는 대형 마트로 향했다.

나는 그다지 쇼핑을 좋아하지 않는다. 사람들이 북적대는 곳을 다니는 게 힘겹기 때문이다. 하지만 한적한 평일 오후 시간이라 그런지 매장에는 직원들 외에 손님들이 거의 없었다. 나는 무빙워커를 타고 4층에 있는 서점으로 향했다. 이렇게 여유 있는 날에나 할 수 있는 최고의 호사스런 힐링! 책과의 데이트를 즐기기 위해서다. 커다란 책꽂이 밑에 앉아서 읽을 수 있도록 만들어 놓은 긴 붙박이 의자가 있었다. 그 위에 핸드백을 놓고 주변의 책들을 신간부터 베스트셀러까지 훑어보았다. 행복한 시간이었다. 그러다 서점 사장님과 눈이 마주쳤고 나에게 방긋 웃어 보이기에 살짝 묵례를 전했다. 그리고 책꽂이에 놓인 백지연의 《뜨거운 침묵》을 들고 와서 읽기 시작했다. 나는 책을 읽을 때 습관이 있다. 목차를 훑어본 후 가장 먼저 와 닿는 제목부터 읽는 것이다. 서점에서 이렇게 속독으로 읽어 내려간 책 중의 몇권은 간택되어 나의 서재로 옮겨진다. 나는 그렇게 휴가의 첫날을 마트의 작별 송이 울릴 때까지 책과의 데이트를 즐겼다. 그리고 아름다운 몇 권의 책들과 함께 집으로 돌아왔다.

집으로 돌아가는 밤길도 휴가라는 기분 탓인지 호젓하니 참좋았다. 계산역 주변의 생맥줏집에는 삼삼오오 즐거운 취객들이 보였다. 자유로운 마음 탓일까, 누구라도 오늘 같은 날에는 불현듯 전화라도 한 통 해서 즐기지 않은 술자리에라도 불러줬으면 하는 아쉬움이 살짝 스쳤다.

휴가 첫날은 부모님을 챙겼으니 홀가분한 마음으로 둘째 날은 오롯이 나를 위한 일정을 시작하기로 했다. 이른 새벽에 눈을 떴다. 하이힐과 정장 대신 헐렁한 브이넥 셔츠와 블랙 진청바지에 편안한 운동화를 신고 배낭을 멨다. 그리고 이 여행의 길동무가 되어 줄 카메라를 들고 집을 나섰다. 내비게이션에 가평 '아침고요수목원'을 찍었다. 그렇게 40년 만의 나 홀로 여행을 시작했다. 항상 두려운 마음에 혼자 떠나지 못한 길이었다. 이유가 없으면 움직이지 않던 내가 기특하고 대견하게도 가족들을 한쪽으로 살짝 밀어둔 채 나 자신만 안고 떠난 씩씩한 여행이었다.

아침 9시가 조금 넘어 수목원에 도착했다. 그곳은 운무(雲霧)에 싸인 산자락과 아침 이슬이 내려앉아 고요했다. 이른 시간임에도 제법 많은 사람들이 입장하고 있었다. 눈으로 보이는 모든 것에 감탄했다. 그리고 마음이 맑아지는 에너지를 느끼면서 모든 아름다운 피사체들을 카메라에 담았다. 300여 장에 가까운 사진을 찍고, 각 파일에 이름을 붙여 저장해 놓았다. 요즘도 일상에 지쳐 힘들 때마다 폴더를 열어 본다. 그러면 사진 속 굴곡진 소나무가 내 슬픔을 알아주는 것 같고, 멈추지 않고 계속 돌던 물레방아가 인생의 수레바퀴 같아서 다독다독 위로를 받는 것 같다.

나의 충전 여행은 자정이 넘어서야 마무리됐다. 그렇게 첫 여행은 200% 값진 가치를 남기고 저물었다. 두문불출 휴가를 지낸 나의 후일담을 듣게 된 가족들은 씩씩하게 홀로 여행을 감행한 나의 반전 휴가를 칭찬해 주었다. 사랑하지만 항상 묵직하게 목에 걸린 듯 신경이 쓰이던 가족들이 내게 자유로울 용기를 준 것이다. 가족이 아닌 나를 위해 다녀온 여행에서 돌아오니 사랑하는 가족들이 이곳에 있다는 사실에 더 큰 감사함으로 가슴이 충만해졌다.

STORY 5

죽을 때까지
사랑하고
사랑받고 싶다

나
도

가
끔
은

위
로
받
고

싶
다

01

뜨거운 열정이
남은 인생의 차이를 만든다

열정, 그것은 비록 다스리기는 어려운 존재이나
가장 강력한 영감의 원천이다.

– 랄프 왈도 에머슨

수능시험을 치른 고3 제자들의 수업이 마무리되면, 그동안 아이들을 가르친 나도 그들과 같이 맥이 탁 풀려 버린다. 고3 아이들이야 자유를 만끽하겠지만, 교사인 나는 매년 느껴야 하기에 구멍 뚫린 에너지를 채워 넣기가 언제나 힘에 겹다.

의식적으로라도 열정을 충전하기 위해 서점으로 향한다. 책들 사이에 쭈그려 앉아 종이 냄새, 잉크 냄새를 맡으며 책을 읽는다. 서점에서의 휴식은 커피와 초콜릿만큼이나 내 영혼을 편안하게 해 준다. 평소 시집은 잘 읽지 않은 편인데 이번에 내 눈길을 사로잡은 시집이 있었다.

《약해지지 마》라는 제목의 시집이다. 99세의 할머니 시인의 온화한 미소가 담긴 표지가 특히 인상적이다.

출간 1년 만에 100만 부를 돌파하고, 일본 열도를 울린 이 책은 아들의 권유로 90세를 넘겨 글을 쓰기 시작한 할머니 시인 '시바타 도요' 씨의 작품이다. 2003년부터 한 달에 한 번꼴로 산케이신문 1면 '아침 시'에 투고한 것들에 새로 지은 시들을 모아 시집을 만들었다고 한다. 원래 이 시집은 2009년 10월 98세의 시바타 도요 씨가 자비로 출판한 것이었는데, 입소문을 타고 조금씩 팔리기 시작한 후 4개월 만에 1만 부가 팔렸다. 그러자 일본 출판사들은 앞 다투어 전국 판매에 들어갔고, 다시 10개월 만에 100만 부를 돌파하게 된 것이다. 사람과 인생이 얼마나 소중한지를 일깨우는 할머니의 시를 읽고 "자살하려던 생각을 버렸다."는 등 1만 통이 넘는 편지가 출판사에 쇄도했다고 한다. 우리나라에서도 번역 출간되어 큰 감동을 일으키고 있다.

서점을 나와 집 앞에 있는 KFC 매장에 들어갔다. 인상 좋은 코넬 할아버지 인형이 먼저 반겨 준다. 65세에 캔터키프라이드치킨(KFC)의 창업자가 된 '코넬 할렌 샌더스' 할아버지. 전 세계 120개국에 1만 7,000여 가맹점을 가진 패스트푸드 세계 3위에 빛나는 열정의 사업가다.

KFC에서 블랙커피를 한 잔 주문하고 창가에 자리를 잡았다. 창밖에는 많은 행인들이 오고 간다. 버스정류장과 마주 보이는 자리라서 버스에서 내리는 사람들과 기다리는 사람들의 다채로운 표정을 볼 수 있었다. 그러다 문득 떠오르는 생각들을 수첩에 적기 시작했다.

열정 = 꿈 = 소망하는 것 = ?

쓰다 보니 마지막 질문에 물음표가 찍혔다. 생각이 잠시 멈춰졌다.

때마침 계산대 쪽에서 주문한 커피가 나왔다고 큰소리로 외치는 소리가 들렸다. 커피를 들고 발걸음을 뒤로 돌리는 순간 매장에 있는 코넬 할아버지 인형과 또 눈이 마주쳤다. 마치 나를 향해 인사를 건네는 것처럼 얼굴에 미소를 짓는다.

자리로 돌아와 마지막 물음표를 지우고 다음과 같은 말을 채워 넣었다.

열정 = 꿈 = 소망하는 것 = 마음을 뜨겁게 움직이게 하는 것!

진한 커피 맛과 함께 혼자 앉아있는 이 짧은 시간 동안 나는 동서양의 열정 가득한 두 노인에게서 엄청난 동기부여를 받고 있음을 느꼈다. 불혹의 나이에 마치 세상을 다 산 것처럼 무기력해져 있는 나에게 도요 할머니와 코넬 할아버지가 젊은 것이 정신 놓고 산다며 지팡이로 머리를 쥐어박는 상상을 했다. 정신이 번쩍

났다.

두 장 남은 2015년도의 달력을 찬찬히 살펴보았다. 아직도 남아 있는 2015년이 나를 향해 뭔가 멋진 일을 할 시간이 이렇게 많이 남아 있다고 외치는 것 같았다. 다이어리를 들었다. 매주 토요일은 책을 쓰기 위한 집필 수업 시간이다. 우선으로 정해 놓고 학원으로 돌아와 개인 문법과외수업과 고등부 그룹수업 시간을 써넣으니 토요일과 일요일이 꽉 찼다. 다이어리에 빨간 펜과 파란 펜으로 계획들이 채워질 때마다 긍정의 기운이 가득해지는 것 같았다. 눈을 감고 하나님께 보고하듯 위쪽을 향해 외쳐본다.

"할 수 있다! 나는 한다! 하나님은 이런 나를 적극 도와주신다!"

어느 한 중소기업에서 강연회가 열리고 있었다. 강연의 열기가 무르익을 무렵 연사는 한 청중에게 물었다.

"꼭 이루고 싶은 꿈이 있습니까?"

그러자 그 직원은 이렇게 대답했다.

"네. 있어요. 잘 먹고 잘사는 거죠."

막연한 꿈이었다. 연사는 다시 무대 중앙에 서서 자신을 바라보는 수십 개의 눈을 강력한 메시지를 전달하듯 한 사람씩 마주하며 다음과 같이 말했다.

"여러분! 잘 먹고 잘사는 것은 꿈이라고 할 수 없습니다. 꿈과 목표는 반드시 구체적이어야 합니다. 그런데 잘 먹고 잘사는 것은 스쳐 지나가는 바람과 같기 때문에 한순간에 잊히고 맙니다. 우리는 짜장면 한 그릇을 먹고도 잘 먹었다고 합니다. 그럼 우리는 잘사는 부자인가요? 간절함이 없는 바람은 '이루어지면 좋고 이루어지지 않아도 괜찮아' 뭐 이런 뜻을 담고 있는 겁니다. 여러분! 꼭 구체적인 꿈을 설정하시기 바랍니다. 그 꿈을 이룬 자신의 모습을 상상할 수 있는 구체적인 그림이면 더욱 좋습니다."

대학 입학식 때 총장님이 들려주신 일화다. 이 일화를 듣고 나는 19살 신입생 새내기의 가슴은 뜨겁게 요동쳤다. 누구의 경험이었는지는 까맣게 잊었지만, 이야기의 뜻은 이러했다.

"자신의 인생을 지금부터 5년 단위로 계획해서 30년 후까지 써 보세요. 지금 여러분은 20대의 첫 시작을 앞둔 청춘입니다. 저 또한 이 이야기를 감명 깊게 듣고 대학시절 인생 30년을 계획해 본 적이 있습니다. 결과적으로 제가 지금 여러분의 학교에서 총장으로서 이런 인생에 대한 조언을 해 줄 수 있다는 것을 영광스럽게 생각합니다. 신입생 여러분! 여러분의 꿈과 인생을 대학 4년으로만 끝내려 하지 마십시오. 여러분은 30년 후 제가 여러분 앞에 섰던 것처럼 여러분 중 한 명이 이 자리에서 연설하게 될 지도 모릅니다. 마틴 루터 킹 목사의 말처럼 "I have a dream." 나에게도 꿈이 있었기에 지금까지 달려올 수 있었습니다. 여러분에게도 각자의 꿈의 레이스가 펼쳐지길 진심으로 축복하고 기원합니다. 다시 한 번 신입생 여러분의 입학을 축하합니다. God bless you!"

이원설 총장님의 감동적인 연설을 지금도 잊을 수가 없다. 나는 입학식장에서의 강렬한 꿈 메시지를 기억하며 정말 열심히 대학 생활을 했다. 4년 뒤 졸업식장에서 전체 수석졸업이라는 명예로운 수상과 함께 졸업생을 대표해서 이원설 총장님으로부터 직접 졸업장과 학사모를 받았다.

20대 시절에도 가진 것이라고는 내가 할 수 있는 열정과 머리로 우직하게 집중하는 것밖에 없었다. 지금도 내가 크게 바뀐 것 같지는 않다. 하지만 살다 보니 20대의 열정은 빨리 뜨거워지고 쉽게 식어버리는 양은 냄비와 같았다면, 지금은 무쇠솥 같은 중년을 살고 있다. 달궈진 무쇠솥에 뭉근하고 천천히 열정의 온도를 다시 끌어 올리고 있다.

내 심장을 요동치게 했던 새내기의 꿈은 거의 다 이루어졌다. 이제 나는 남은 내 인생을 위해 다시금 마음 가마솥에 불을 지피고 있다. 무쇠 가마솥에 물을 한가득 채우고 아궁이에는 오랫동안 아궁이를 지펴 줄 참나무 장작을 땔감으로 쓸 것이다. 내 남은 인생은 물도 끓이고, 구들장도 뜨끈하게 달구고, 참나무 향 그윽한 아궁이 열기 속에 고구마도 구워지게 만들어 많은 일들을 가능하게 할 것이다.

나는 아직까지 만나지 못한 빛나는 나의 미래를 위해 다시 한 번 불을 지피고 있다. 오랫동안 꺼지지 않고 타오를 '내 인생 꿈의 성화'에 불을 붙이는 마지막 봉송 주자처럼 인생이라는 올림픽의 화려한 피날레를 연습하고 있다.

02

스스로 빛을 발산하는
다이아몬드가 되자

당신이 태어났을 때, 당신이 울고 세상이 기뻐했다.
당신이 죽을 때, 세상이 울고 당신이 기뻐할 수 있도록 세상을 살아라.

— 인디언 속담

아침부터 책 쓰기 코칭 수업을 들으러 바쁘게 움직였다. 인천에서 분당까지 정신없이 차를 몰고 갔다. 다행히 차가 밀리지 않아서 예상보다 일찍 도착했다. 주차한 후 여유롭게 화장실로 들어가 옷매무새를 고치고 거울을 봤다. 그런데 귀걸이 한 짝이 알이 빠진 채로 걸이만 달랑 귀에 달려 있었다. 분명 집에서 나올 때는 제대로 있었는데 주차하고 오는 도중에 떨어진 건지 화장실에 떨어뜨린 건지 마음이 급해졌다.

"안 들어가세요?"

"아! 안녕하세요? 제가 귀걸이 알맹이를 떨어뜨렸는지 찾고 있어요. 먼저 들어가세요."

함께 수업하는 멤버 중 한 분이 반갑게 인사를 건네는데도 눈은 바닥을 살피느라 고개를 들지도 못한 채 인사만 건넸다. 차에서 화장실까지 몇 번을 찾고 다녀도 귀걸이 알맹이는 보이지 않았다. 내가 아끼는 스와롭스키 10캐럿짜리 귀걸이였다.

"진짜 다이아예요? 얼마나 크기가?"

"아니요. 스와롭스키 10캐럿이에요."

내가 이리저리 징징거리며 툴툴대고 돌아다니니까 수업 멤버들이 위로의 한마디씩을 건네주었다. 유난히 아끼는 귀걸이마다 한 쪽씩 잃어버려서, 나는 '반쪽짜리 내 인생을 닮아 물건들까지 합세하나'하는 징크스가 떠올라 영 찝찝한 기분이 가시질 않았다.

수업을 마치고 커피숍에 앉아 있었다. 옆 테이블에서 커피를 마시던 여대생들이 중국의 국민 배우 장쯔이가 결혼 선물로 엄청난 크기의 다이아몬드를 받았다는 이야기를 하고 있었다. 가장 이상적인 프러포즈를 받았다며 소란스럽게 말했다. 풋풋한 그녀들의 발랄한 웃음 속에서 나는 다이아몬드 반지도 멋진 프러포즈도 없었던 내 처지가 떠올라 오늘따라 커피 맛이 더 쓰게 느껴졌다.

보석 중에 다이아몬드를 가장 좋아한다. 물론 다이아몬드를 싫어하는 여자가 어디 있겠는가? 하지만 내 경우는 보석으로서의 환산 가치가 아니라 다이아몬드가 가진 광물적, 기질적인 가치에 매료되어 좋아하게 되었다. 몇 년 전, 한 과학 관련 프로그램을 본 적이 있다. 〈지구의 광물, 귀금속〉이라는 제목의 다큐멘터리였다.

지구 상에 존재하는 수많은 광물들의 생성 원리나 구성 원소를 과학적으로 다룬 내용이 흥미를 끌었다.

광물을 채취하여 인간의 섬세한 세공기술을 거쳐 아름다운 귀금속으로 탈바꿈하는 진기한 과정을 자세히 다루었다. 12가지 탄생석에 맞춰 보여줬는데, 그중 단연 내 눈길을 사로잡은 것은 '다이아몬드'였다.

모스 경도계의 숫자 중 가장 단단한 10에 해당되는 다이아몬드는 무엇에도 변하지 않는다는 점 때문에 '불변, 불멸의 상징'으로 여겨진다. 또한 1캐럿의 다이아몬드를 얻으려면 250톤의 바위와 자갈을 캐야 한다는 말이 있을 정도로 채취가 어려워 고대 인도에서는 오로지 왕만이 독점할 수 있는 보석이기도 했다.

다이아몬드의 주성분은 탄소다. 숯과 다이아몬드가 같은 탄소 구조물이라는 사실이 신기하지 않은가? 그러고 보니 자연 속에는 신기하게도 같은 이름 속 반전의 모습을 가진 것들이 많다. 음식에 곰팡이가 피면 우리는 당장 쓰레기통에 버린다. 하지만 같은 곰팡이인데도 푸른곰팡이 페니실린은 인류를 구원한 의약품 중 보석 같은 존재다. 그뿐인가? 요즘 안티에이징의 대세 보톡스는 복어의 독에서부터 만들어졌다. 요즘 보톡스는 성형의 보물 같은 존재다. 담백하고 맛있는 복요리라도 치명적인 독 때문에 꺼리는 사람들이 많은데 그 독을 이용해 인간 노화를 막는 비장의 무기로 만든 것이다.

'자연과 과학이 어쩌면 인생 역정과 비슷한 모습을 보여 주는 게 아닐까?'

나는 문득 이런 생각이 들어 노트에 생각나는 연관 단어들을 적어봤다.

판도라의 상자, 희망, 절망, 행복한 결혼식, 배신, 장례식, 무덤가에 핀 제비꽃

인간에게 금기됐던 모든 것들의 봉인이 풀리며 '판도라의 상자'가 열렸을 때, 세상에 퍼져나간 악한 것들 사이에서 상자의 밑바닥에 맨 마지막까지 남아 있던 '희망'. 그 '희망'을 품고 살다가 만나는 무수히 많은 '절망' 속에서 우리는 함께 희망을 찾고자 노력하며 사랑으로 손잡고 서약하는 '행복한 결혼식'을 치른다. 하지만 사랑은 퇴색되어 아름답던 그들의 사랑이 무관심과 '배신'으로 변해 버리고…… 사랑에 상처 입은 사람들은 또 '절망'에 빠지게 된다. 그렇게 인생의 끝자락에 섰을 때 누구도 비켜갈 수 없는 운명의 신 앞에 무릎 꿇고 '장례식'을 치른다. 수많은 인생들이 저물어간 무덤가에는 유난히 비옥한 듯 그 양분으로 예쁜 보랏빛의 '제비꽃'들이 피어난다.

자연은 좋은 것들을 주려 하나 인간은 과학을 이용하여 또 다

른 혁명을 꾀한다. 세상은 그 도전으로 발전하는 듯 보이지만 무엇을 위한 도전이고, 혁명인지 명확하지 않다면 결국은 파국으로 치닫게 될 것이다.

다이아몬드 원석은 뭉툭한 돌덩어리였다. 하지만 장인의 손을 거친 다이아몬드는 세상 어디에도 똑같은 다이아몬드가 존재하지 않는다고 전한다. 그 이유는 이른바 4C라는 기준으로 Carat(중량), Color(색상), Clarity(투명도), Cut(연마)에 따라 다이아몬드의 가치가 정해지기 때문이다.

내가 좋아하는 영화비평가이자 작가인 유지나 교수는 언젠가 SNS에 이런 글을 올렸다.

"다이아몬드의 가치를 모르는 사람에게 값비싼 다이아몬드를 선물해 주어봤자 소중함을 알지 못합니다. 삶의 가치를 모르는 사람에게 삶은 절망일 뿐이고, 곁에 있는 사람의 소중함을 모르는 사람은 감사와 행복을 알지 못합니다."

살다 보니 상대가 다이아몬드라는 사실을 발견하고 알아봐 주는 사람이 있는가 하면, 반대로 상대가 다이아몬드라는 사실을 알고 그 빛에 자신이 가려질까봐 상대방을 더 끌어내리는 사람들이 있기도 하다. 내가 미처 세상을 몰랐을 때는 그런 사람들도 내 친구라 여겼다. 주변의 좋은 사람들이 내 곁에 오지 못하고 멀리

서 바라보기만 하는 것은 내가 매력이 없기 때문이라고 생각했다. 하지만 이제는 알 수 있다. 누가 말해 주지 않아도 내 자신은 언제나 빛난다는 것을.

〈스타더스트〉라는 2007년 개봉한 '메튜 본' 감독의 영화가 있다. 개성 강한 연기파 배우 '미셸 파이퍼'와 사랑스런 줄리엣이었던 '클레어 데인즈'가 연기한 로맨틱 판타지 영화다. 스스로 빛을 내는 스타(클레어 데인즈)가 진정한 사랑을 만나 행복할 때 신비로운 빛을 감추지 못하고 춤추는 장면이 있다. 그 장면에는 보는 이들도 모두 사랑에 빠지게 만들어버리는 묘한 매력이 있다. 나는 스스로 빛을 내는 방법은 '사랑하는 사람의 눈을 통해 신뢰하는 마음이 만들어내는 신비한 힘'이라고 믿는다. 영화 속에서도 서로를 믿는 강력한 사랑의 눈빛으로 소심했던 '스타'에게 용기를 주고, 세 마녀를 이길 수 있는 강력한 빛을 발산하게 한다. 그렇게 사랑의 눈빛은 어둠의 마법을 무찔러 행복한 결말로 이끈다.

나는 사랑하는 딸과 가족들에게 자랑스러운 존재가 되기 위해 노력한다. 잘 보이기 위한 허세가 아니라 진심으로 그들에게 '자랑거리'가 되고 싶다. 내 보석 상자에는 수십만 원도 되지 않는 0.5캐럿짜리 다이아몬드 목걸이가 있다. 하지만 나는 당당한 나를 표현하기 위해 10캐럿짜리 큰 알맹이의 스와롭스키를 다이아몬드 귀걸이처럼 장식한다. 단돈 1만 원짜리 큐빅 귀걸이를 하고 강단에 섰을 때도 사람들은 내게 진짜 다이아몬드 귀걸이를 가진 사람이라 믿었다. 그들은 분명 내 눈빛과 신념 어린 목소리를 통해 나를 무한히 신뢰하고 사랑해 준 것이다. 그 사실이 강력한 힘이 되어 반짝거리는 '큐빅'을 세상에서 가장 단단하고 순수하게 빛나는 '다이아몬드'로 스스로 빛나게 해 주었다.

03

가장 빛나는 순간은
아직 오지 않았다

항상 나를 새롭게 하지 않으면
그것은 곧 죽음이라.
- 《성경》

　추석 명절이 끝난 후 오랜만에 D금융 신숙현 대표를 만나 점심을 함께했다. 나보다 다섯 살이나 어린 나이에도 그녀는 엄청난 에너지를 소유하고 있어서 만날 때마다 에너지를 충전받고 온다. 골드미스인 신 대표는 사업 감각이 탁월하여 금융 재테크 관련해서는 뛰어난 재능으로 조언을 해 준다.

　근처 식당에 도착하여 예약한 테이블로 안내받았다. 먼저 와 있던 신 대표가 나를 향해 반갑게 손 흔드는 모습이 보였다. 그녀는 흰색 슈트 정장에 호피 무늬 재킷을 걸친 훤칠한 여성리더의 모습 그 자체였다. 머리에는 명품 선글라스를 올려 멋을 내고 긴 다리를 꼬고 앉는다. 화려한 그녀는 주변의 시선을 끌었다. 그러나 전혀 아랑곳하지 않는 것이 그녀의 위풍당당한 매력이다.

"바쁘셨지요? 신 대표님이야 바쁘면 돈 많이 버는 거니 계속 바쁘시라고 해야 되나요?"

"건강하셨지요? 원장님!"

만날 때마다 우리는 통하는 게 많아선지 오래 만난 지인처럼 대화가 즐겁다. 똑 부러지는 성격에 여장부 스타일인 신 대표를 만나고 나면, 세상에 여자라고 못할 것은 없다는 생각이 든다. 그녀는 카레이서처럼 현란한 운전 실력을 갖고 있다. 복싱 같은 운동도 남자 스파링 파트너 못지않게 해내는 파워풀한 여성이다. 그녀의 일상을 잘 알지는 못하지만 내가 그녀를 멋지게 보는 것은 그녀가 강남에서 화려한 고객관리를 자랑하는 직업적 경력 때문이 아니다. 그녀와 처음 만났던 에피소드 때문이다.

나는 기한이 만료되어가는 보험 상품이 있어서 신 대표와 방문상담을 위해 약속을 잡았다. 만나기로 한 당일 날, 약속 시간이 다 되어 가는데도 오질 않아 기다리는데 전화벨이 울렸다. 신 대표의 개인비서는 차분한 목소리로 신 대표가 나를 만나러 오는 길에 골목에서 접촉사고가 나서 좀 늦어진다는 내용을 전해주었다.

우리 건물 쪽 골목이 협소함을 익히 알고 있는 나로서는 조금 미안해졌다. 그래서 천천히 잘 처리하고 걱정 말고 편안히 오라는 말을 비서에게 전해 달라고 했다. 그렇게 다시 수업에 들어갔고, 1

시간 후쯤 신 대표가 들어왔다. 큰 체구에 외국인 같은 갈색 머리가 인상적이었던 그녀는 나를 보자마자 고맙다고 말했다. 지금까지 단 한 번도 고객에게서 그런 배려 깊은 말을 들어 본 적이 없었다며 진심으로 걱정해줘서 감사하다는 것이었다.

나 또한 시간을 중요하게 여기고 인간적인 배려에 감사할 줄 아는 신 대표의 첫인상이 신선하게 다가왔다. 그래서인지 두 번째 만남부터는 더 깊은 애정이 생겼다. 스테이크와 와인, 커피와 자기계발 도서를 좋아한다는 것으로도 공통점이 많았던 우리는 좋아하는 것과 지적인 추구까지도 소통한다는 것에 만날 때마다 아주 즐거웠다.

"원장님은 여전히 아름다우세요. 멋지세요."

"신 대표님이야말로 제가 생각한 가장 멋진 여성입니다. 어떤 남성보다도 멋진 여성리더 라고 생각합니다. 저는 그렇게 봐 주시는 분들은 많지만 제 맘속에 용기가 크지 않아서 신 대표님처럼 씩씩한 멘토를 만나서 많이 배우고 싶어요."

"과찬이십니다. 저야 말로 원장님 같은 멘토를 만나 많이 배우지요."

"오랫동안 계속 멋지게 일해 주세요. 신 대표님을 만나고 나면, 항상 더 좋고 큰일을 멋지게 해 보고 싶은 제 생각에 용기를 주는 느낌이 들어서 언제나 뿌듯하답니다."

"원장님같이 좋은 교육자가 많아져야지요. 분명히 원장님은 성공하실 거예요. 제가 열심히 도울 거니까 걱정하지 마시고, 원장님은 하시고 싶은 일들을 계속하세요."

"말씀만 들어도 힘이 납니다."

"지금도 책 쓰세요?"

"제 책에 신 대표님 실명 써도 될까요?"

"어휴, 저야 영광이지요. 감사해요. 원장님!"

내가 이 글을 집필하고 있는 책상이 바로 신숙현 대표가 나에게 준 첫 선물이었다. 그녀의 집에 초대되어 갔을 때 나는 한강이 내려다보이는 기가 막힌 조망에 가슴이 뻥 뚫리는 것을 느꼈다. 살림을 하지 않는 골드미스 사업가답게 커다란 냉장고에는 생수 몇 병과 스파클 워터 두 병뿐이었고, 거실에는 한강이 내려다보이는 위치로 운동기구들과 큰 벤자민 화분이 놓여 있었다. TV를 치웠다는 자리에는 원목의 고풍스런 탁자와 벽 쪽에 나란히 놓여 있는 2미터 정도의 긴 책상이었다. 단연 내 눈을 사로잡았던 것은 원목 책상이었다.

"이 책상 딱 제 스타일이에요."

"원장님, 마음에 드세요? 드릴까요?"

"네? 정말요?"

"좋으시면 제가 선물로 드릴게요. 근데 쓰던 걸 드려서 제가 죄송하죠."

평생 이런 선물을 받아 본 적이 없어서 나는 순간 당황했다. 버리던 것들도 내가 마음에 든다 하면 다시 챙겨가던 사람들만 만나다가 신숙현 대표 같은 사람은 처음 만났기 때문이다. 무엇이든 내게 더 퍼주고 싶어 하는 사람을 만나고 보니 고마운 마음에 코끝이 찡했다.

그로부터 2주 후 신 대표는 집을 이사하면서 입주 날짜가 맞지 않아 한 달간을 강남 리베라 호텔에서 투숙하게 되었다. 그때 책상을 포함한 사이클 운동기구와 역기, 냉장고, 식탁과 책꽂이 등을 2톤 트럭에 실어 손수 비용을 지불하고 우리 집으로 옮겨 주었다. 나는 그녀에게 받은 근사한 책상을 베란다가 보이는 거실 통유리 창문 앞에 책꽂이와 함께 놓았다. 그 옆에는 사이클을 나란히 배치했다. 창밖 베란다에는 벤자민 화분 두 개가 울창한 식물원처럼 마주 보고 있다. 그렇게 우리 집에는 책 읽고 공부하다가 사이클에 올라앉아 운동도 할 수 있는 멋진 서재가 만들어졌다.

어쩌면 나는 그녀의 선물로 인해 접어두었던 작가의 꿈을 조심스럽게 펼쳐낼 수 있었다고 생각한다. 서재 욕심이 큰 나는 이사하는 집마다 서재 인테리어를 가장 먼저 신경 썼다. 책상과 책꽂이는 2인용의 널찍한 상판 사이즈로 만들어 언제나 딸과 함께 나란히 앉아 책을 읽거나 공부할 수 있다. 그런 서재가 나에게는 가장 큰 즐거움이자 행복한 공간이다.

신 대표의 꿈은 100억대 자산가가 되는 것이라고 했다. 나로서는 생각지도 못한 억 소리 나는 규모의 액수에 입이 딱 벌어졌다. 하지만 연봉 10억원이 넘는 그녀에게 100억대 자산가가 되겠다는 꿈이 뭐 그리 대수겠는가!

하지만 그 꿈은 그녀가 어린 시절부터 꾸어 온 꿈이라고 했다. 돌아가신 선친의 기질을 고스란히 물려받았다는 그녀는 같은 딸인데도 생각하는 꿈의 스케일이 남다르다. 나와 다른 기질을 갖고 있음에도 나는 그녀의 우직하고 충성스런 의리의 사업가 모습에 매료되었고, 그녀는 돈만 많은 부자들의 행태에 염증을 느끼며 나의 선량하고 고지식한 우직함을 좋아했다.

우리는 서로의 힘이 고갈되지 않도록 응원하고 북돋는 '꿈맥' 친구가 된 것이다. 그녀는 나에게 '돈이란 것에 의기소침하지 말라'는 말을 해 주었다. 이제껏 이런 당당한 인맥을 만나 본 적 없던 나에게 뒤늦게 멋진 인생 멘토가 생긴 것도 기분 좋은 일이었다. 그녀는 돈맛을 잘 모르는 순진한 백면서생인 내가 신선했을지도 모른다. 내가 그녀의 당당한 커리어를 신선하고 매력적으로 본 것처럼 말이다.

우리는 일은 독하게 하는 기센 여자 경영자였지만, 동시에 마음만은 배신당하고 싶지 않은 여린 여성들이기도 했다. 그래서 나는 그녀를 만날 때면 마음속 칭찬을 듬뿍 쏟아 준다. 내가 듣고 싶었던 칭찬을 돌려서 그대로 그녀에게 해 주는 것이다. 그녀의 이른 성공이 그녀에게 얼마나 큰 책임과 시샘으로 작용할지 나는 너무도 잘 알고 있다. 일을 잘해야 하는 것은 기본이고, 실수하고 넘어지기만을 기다리는 경쟁자들 틈에서 그녀가 얼마나 고독하고 외로운 싸움을 계속하고 있는지를 알고 있다. 나는 바쁜 와중도 틈을 내어 그녀를 만나 진심으로 따뜻한 응원과 뜨거운 찬사를 보낸다.

신 대표는 만날 때마다 서로를 응원하는 말로 언제나 파이팅을 외친다. 아직 우리의 가장 빛나는 순간은 아직 오지 않았기에 서로를 진심으로 응원할 것이다.

04

그 누구의 삶도
완벽할 순 없다

젊었을 때는 잘못을 저질러도 좋다.
그러나 그것을 늙어서까지 끌고 가서는 안 된다.

— 괴테

'사람마다 자신을 평가하는 저울을 가지고 산다'는 내용의 칼럼을 읽은 적이 있다.

자기 자신을 판단하는 '나 저울'과 다른 사람의 인생을 판단하는 '남 저울'을 각각 가지고 있다는 이론으로 출발한 글이었다. '나 저울'과 '남 저울'이 수평을 이루는 사람은 거의 없다는 말에 공감하며 관심 있게 읽어 내려갔다. 나는 어떤 저울을 가지고 살고 있을까 곰곰이 생각해보니 남의 작은 성공에도 칭찬을 아끼지 않지만, 나 자신에게는 유난히 냉정한 잣대를 들이대던 나는 '나 저울'보다는 '남 저울'에 훨씬 더 많은 무게를 싣고 있는 것 같았다.

동양인 최초로 국제 콩쿠르 6개를 석권하고, 세계 5대 오페라 극장에서 주연으로 공연한 성악가 조수미는 동양인 최초의 프리마돈나다. 이 기록은 지금까지도 깨지지 않고 있다.

"그녀의 목소리는 신이 주신 최고의 선물이다."

20세기 최고의 지휘자 헤르베르트 폰 카라얀은 이렇게 극찬했다. 그녀가 배우고 자랐다는 이름도 생소한 '한국'이란 나라에 조수미를 가르친 뛰어난 선생들이 있다는 것에 대단한 나라라고 말했다. 뉴욕 메트로폴리탄 극장 오페라 뉴스는 "그녀의 노래는 이미 비평을 넘어섰다."고 보도했다.

세계적으로 인정받는 조수미의 아름다운 목소리로 부른 2002 월드컵의 주제가 〈Champions〉는 나의 공식 응원가다. 이 노래는 들을 때마다 전율이 느껴진다. 웅장한 스케일의 음악과 그녀의 목소리는 챔피언이 될 나의 인생을 향해 "일어나!"라고 외쳐주고 응원하는 수호천사 같다. 지금은 세계적인 사랑을 받고 있지만, 유학 시절 그녀는 홀로 외롭게 고생한 시간들이 있었다. 그 시절 그녀가 좌우명으로 삼은 3L이 있었다.

Live(살아라. 살아야 성공이든 뭐든 할 수 있다.)

Love(사랑하자. 나를 사랑하고 가족, 이웃, 조국, 세계를 사랑하자.)

Laugh(웃자. 억지로라도 웃으면 인생이 행복해지고 자신감이 생긴다.)

이 3L은 그녀가 성공할 수 있도록 지탱해준 큰 다짐이었다. 나는 처음 3L의 의미를 알게 되었을 때 조수미가 세계적으로 성공한 성악가일뿐만 아니라 인생에서도 훌륭하게 성공한 사람이라는 것에 감탄할 수밖에 없었다.

서양인들의 전유물인 오페라 무대에서 동양인 여성이 목소리 하나로 세계를 제패한 것이다. 이런 인물이 우리나라 사람이라는 사실에 자랑스럽다. 세계 각국을 공연하러 다니다가도 대한민국에 자신이 필요하다고 하면 당장 달려와 주는 그녀가 진정한 애국자라고 생각한다.

전 세계를 누비며 행복을 전하던 중 그녀는 인간적인 행복을 포기할 수밖에 없는 일을 겪기도 했다. 2001년 디트로이트 공연 때 자궁근종 제거 수술을 받았지만, 2003년 시드니 공연 중 재발하여 자궁을 들어내게 된 것이다. 인공수정으로라도 아이를 갖고자 했던 그녀에게 '출산'은 이룰 수 없는 꿈이 되었다. 정말 가슴 아픈 일이다.

나는 2003년 당시 5살 된 딸과 함께 호주 유학 중이던 동생 신영이에게 가 있었다. 시드니에서 한 달간 머무르면서 오페라하우스의 공연 포스터 속 그녀의 이름을 보고, 뜨거운 감격을 느꼈었다. 그러다 돌연 그녀의 건강악화로 인한 공연 취소 소식에 나는 정말 비통해했었다. 훗날 한국의 방송사 인터뷰를 통해 덤덤히 그때의 일화를 밝히던 그녀를 보고 '누구의 삶도 완벽할 수 없구나'하고 생각했다. 그 후 나는 그녀가 슬픔을 승화시켜 더 멋지게 열정을 다하는 삶을 살아가는 것에 크게 감동했다. 그렇게 예술인으로서의 조수미, '인간 조수미'를 열렬히 사랑하게 되었다.

돌아보니 인생의 그림이 조금씩 보이기 시작한다. 이제야 40대 중년을 살고 있음을 느낀다. 허겁지겁 살아갈 나이가 아니다. 내 열악했던 10대와 열정을 지원받지 못했던 20대, 그리고 사랑받지 못한 30대의 부족한 조각들이 모여 내 인생의 퍼즐 판을 완성해 가고 있는 중이다.

나는 대학시절 교양필수과목이었던 '대학국어' 수업에서 지도 교수님께 과분한 칭찬을 받았었다. 그것이 계기가 되어 '작가의 꿈'을 갖게 되었다. 이과대생인 나에게 대학 신춘문예 도전은 수상의 영광은 주지 않았지만, 좋은 경험이었다. 당시 학보를 통해 국문과 친구가 '장원'에 뽑혔다. 지금도 금박리본이 달린 그녀의 글을 읽었을 때 느꼈던 감동을 생생히 기억한다. 언젠가는 나도 따뜻한 글로 많은 사람에게 선한 영향력을 주고 싶었다. 그리고 그 꿈은 20년이 지난 지금도 내 인생의 퍼즐 판에 여러 조각의 모양으로 남겨졌다.

선택의 자유도 없이 일방적으로 목사의 딸로 태어나 언제나 강요된 삶으로 살아야 했기에 늘 을 외면하고 싶었던 하나님이었다. 하지만 인생의 고비마다 내게 힘주신 이는 단연 '하나님'이었다.

어느 날 식사를 하던 중에, TV에서 삼성 이건희 회장의 건강 악화 소식과 함께 식이요법으로 초라한 식단이 공개되었다. 그것을 본 어머니는 "우리나라 최고 부자면 뭐하냐? 부자라고 남들 세 끼 먹을 때 다섯 끼 안 먹는다. 건강한 게 최고여!"라고 안타까움에 혀를 찼다.

누구의 인생이 더 값지냐는 질문에 정답을 제시할 수 있는 사람은 없다. 어느 것도 정답이라 할 수 없기 때문이다. 하지만 우리는 적어도 답을 찾아가는 인생은 살 수 있으리라 믿는다. 무엇으로도 채우면 채울수록 또 빈틈이 보이는 게 인생이고, 퍼내면 퍼낼수록 또 퍼낼게 생기는 게 인생이다. "천석꾼은 천 가지 걱정, 만석꾼은 만 가지 걱정이 있다."는 말처럼 말이다.

우리에게 완벽한 진실은 딱 하나다. 언젠가는 모두 죽는다는 사실이다. 어차피 우리의 삶이 종국에는 사라질 것이라면 무엇이든 도전해 보고 그 결과를 받아들여도 늦지 않을 것이다. 인생의 저울이 나에게는 헐값으로 무게가 매겨져도 값비싼 남의 인생과 바꿀 수도 없다.

'남 저울'보다 내 인생을 더 가치 있게 계량할 꿈과 도전으로 '나 저울' 수치를 올려보자. 하나님 앞에 서면 누구도 완벽한 삶이 없으니 '남 저울'에 기죽지 말고, 힘을 내 보자. 완벽함을 꿈꾼다는 것은 자신을 있는 그대로 인정하기 싫다는 마음일지 모른다.

성공, 돈, 명예 등을 완벽하게 다 가진 '스티브 잡스'마저도 병상에 누워 죽음을 맞이할 때 더 많은 시간을 사랑하는 사람들과 함께 하지 못한 것을 후회했다.

그 누구의 인생일지라도 신이 아닌 이상 완벽한 인생은 없다.

05

인생에 대한
정의를 다시 내려라

사람의 나이는 본인의 마음먹기에 달려있다.
– 과테말라 속담

인생은 나그네 길 어디서 왔다가 어디로 가는가.
인생은 벌거숭이 빈손으로 왔다가 빈손으로 가는가.

구둣방 벽에 걸린 라디오에서 노래 '하숙생'이 흘러나왔다. 그러자 구둣방 아저씨는 구두 굽을 잡아채던 손끝에 힘을 주면서 콧노래로 따라 부른다. 젊었을 때 노래 한 자락 해 본 솜씨였다. 후렴구에는 가사까지 넣어 가며 부르는 모습에 나는 웃음을 지으며 좋은 음색을 가지셨다고 칭찬을 건넸다.

"허허, 고맙습니다. 제가 노래하는 걸 좋아해요."

"가수 같아요."

한껏 기분이 좋아진 아저씨는 능숙한 솜씨로 내 부츠의 굽을 두 짝 모두 교체해 주고 신발을 돌려주었다.

"인생 뭐 있나요! 이렇게 즐겁게 하루하루 살면 되는 거죠. 안 그래요?"

"호호. 네! 그렇지요."

"다 됐습니다. 삼천 원이요."

"감사합니다. 호호. 노래 더 듣고 싶은데 가야겠네요."

"좋은 하루 보내시고 다음에 또 오세요. 내 또 불러 드릴게."

가수의 노래가 끝나기 전에 나는 구둣방을 나왔다. 닳았던 구두 굽을 산뜻하게 갈았더니 발걸음이 한결 가볍고 기분이 좋아졌다. 수업 전까지 25분 정도 여유가 있어서 구둣방 맞은편에 있는 카페에 들어가 블랙커피 한 잔을 사 들고 나왔다. 오늘은 하루 종일 하숙생 가락을 흥얼거리고 다닐 모양이다. 구둣방 아저씨처럼 흥얼흥얼 대면서 신호등 교차로를 건넜다.

철학자 니체는 "인생이란 가짜의 삶으로부터 진짜의 삶을 찾는 여정"이라고 말했다. 긍정적인 생각만이 나를 지탱할 수 있는 유일한 통로였던 나는 내 마음을 동요시켜 나락으로 빠뜨릴 것들은 의도적으로 피하면서 살아왔다. 나는 겁도 많고 그리 대범한 편도 아니다. 그런 내가 맨몸으로 세상을 바르고 꿋꿋하게 살기 위해서는 바른 것에 대한 나만의 '유일한 지조'가 필요했다. 아마도 이런 내 신념이 외모와 함께 밖으로 표출될 때에는 엄청난 '당당함'으로 변모되어 보이는 모양이다. 솔직히 속으로는 덜덜 떨고 살아왔는데 말이다.

학창시절 나는 절대 부모님처럼 살지 않겠다고 다짐했다. 그때 뭐가 그리 없는 것들만 보이던지, 하필이면 내가 왜 이런 인생을 태어나서 이렇게 살아야 하는지 답 없는 질문을 던지곤 했다. 던져본다 한들 뾰족한 해결책도 없던 그 시절에 유일한 나의 피난처는 '중앙도서관'과 '자연사박물관'이었다.

새벽 4시면 문을 열던 도서관에 자리를 맡기 위해 줄을 서본 적은 없었지만, 나는 10분이라도 여유가 생기면 도서관으로 가 공부하는 것을 즐겼다. 열심히 공부하기 위해 모여 있는 그곳의 열기는 내 가난한 일상의 온기였고, 유일한 안식처가 되어 주었다. 오전 9시부터 오후 6시까지는 학교의 모든 책들이 합법적으로 '내 책'일 수 있었다. 나는 그 시간을 너무 행복해하며 대학 열람실을 찾곤 했다.

대학이란 답답한 내 인생에서 숨을 빠끔히 내놓고 쉴 수 있는 유일한 공간이었다. 호랑이 같은 아버지의 귀가 시계는 도서관에서 공부한다고 해서 절대 봐주는 법이 없었다. 집에 가봐야 일곱 식구가 우글대는 공간에 내 책상 하나도 없었던 나는 딸들의 바깥 활동을 이해해주지 못하는 아버지를 많이 미워했었다. 우리 집에서 아버지의 서재는 항상 제일 넓고 좋은 방이었다. 다섯 자식들은 아버지의 말 한마디, 표정 하나에 기가 눌려 웅크리며 살았다.

나는 빨리 독립하고 싶었다. 내가 믿고 확신하는 일들마저도 매 순간 허락을 구하고, 아버지의 개인적인 편견에 내 생각의 옳고 그름을 판단 받는 게 끔찍하게 싫었다. 나는 오히려 집 밖에서 자유로웠다. 아버지의 편견에 대항하는 유일한 방법은 내가 옳다는 것을 보여줄 결과물이었다. 나는 4년 내내 전액장학금으로 공부했다. 졸업할 때가 되어 대학교에서 내가 전체 수석 졸업자로 선정되었다는 전화통보를 받았을 때야 비로소 "잘했다."는 칭찬을 들을 수 있었다.

긴 생머리를 4년 내내 고수하고 다녔던 나는 졸업생 대표로 수상하는 자리에서 돋보이고 싶은 마음에 난생처음 파마란 걸 했다. 하지만 그날 밤 교회에서 돌아온 아버지는 단번에 호통을 치셨다.

"머리 꼴을 왜 그렇게 만들어 놨냐?"

"이쁘고만. 당신은 왜 다 큰 애한테 그래요. 상 탄다고 지 딴에 큰맘 먹고 했는데요."

"뭐가 예뻐? 저 꼴이, 단정치 못하게! 빨리 가서 다시 풀고 와!"

나를 옹호하려던 엄마마저 아버지의 호통 한마디에 좋았던 분위기가 얼음판처럼 차가워졌다.

"그만 좀 하세요. 처음으로 제 맘대로 머리를 바꿨어요. 아빠는 좀 맘에 안 들어도 예쁘다 소리 한 번 해주는 게 그렇게 힘들어요? 원하시는 대로 확 풀고 올게요. 됐죠? 엄마한테 소리 지르지 마세요."

"뭐가 어째? 이놈이!"

수석 졸업 축하로 즐거웠던 집안 분위기는 나의 파마 사건으로 단 하루 만에 쑥대밭이 되어 버리고 말았다. 큰소리치고 뛰쳐나간 나는 몇 시간 전에 내 머리를 해주고 만족해하던 미장원 주인에게 울면서 다시 풀어 달란 말을 전했다. 당시만 해도 여자들이 뭘 잘못하면 아버지나 오빠에게 머리채가 잡혀 삭발당하고 잘리던 때였다. 다시 돌아온 나를 본 미장원 주인은 안됐다는 표정으로 의자에 앉혔다.

"지금 다시 풀면 머리가 많이 상할 텐데. 아빠가 엄청 엄한가 보네. 어휴!"

"빨리 풀어주세요. 아무렇게나!"

나는 불같이 화를 냈던 아버지에게 분풀이하듯 머리를 내놓았다. 그 머리카락은 내 것이었건만 왜 그런 행동을 했는지 나도 역시 그 아버지의 딸이었다.

두 시간이 지났다. 거울 속 나는 흡사 히피족처럼 더 난감한 머리를 하고 있었다. 내 행동은 생각하지 않고, 결과적으로 그런 일을 만든 아버지에 대한 분노와 내 인생이 절망스러워 엉엉 소리 내어 울어 버렸다. 미장원 주인은 나 때문에 퇴근이 너무 늦었다며 얼른 집에 가라고 등을 밀었다. 아침에 미용실을 찾았을 때만 해도 긴 머리 파마 손님이라 힘들지만, 개시 손님이라 기분 좋다고 야쿠르트까지 안기던 주인이었다. 이제 와 위로는커녕 푸대접까지 받고 보니 더 비참했다. 나는 이 모든 일이 아버지 때문이라고 생각했다.

집안은 적막했다. 다들 서로를 피해 그 밤을 넘기고 있었다. 내가 방 안으로 들어가자 엄마와 언니는 내 모습에 기가 막힌 듯 말을 못했고, 동생들은 쳐다만 보고 있었다. 급기야 순진하고 여린 막내 신희가 울음을 터트렸다.

"언니, 머리가…… 어떡해……."

"됐어. 다들 조용히 하고 자! 엄마도 건너가서 주무세요."

아버지는 내가 들어오는 소리가 났음에도 다시 부르지 않았다. 아버지나 나나 이미 후회하기에는 너무 늦은 일을 해 버린 것이다. 아침이 되어 머리를 감자 독한 파마 약을 두 번이나 처리해선지 한 움큼씩 뚝 뚝 부러졌다.

아침 밥상 앞에 앉은 내 모습은 사극드라마에서 망나니의 칼에 머리를 풀고 목을 내놓고 앉아있는 죄수 같았다. 아버지는 분명 내 모습에 충격을 받은 듯했다. 복잡한 표정으로 말없이 식사를 마친 후 나가셨다.

아버지가 없는 집안은 봉인 풀린 것처럼 조금씩 활기를 찾았고, 엄마는 속상해하면서도 내 머리에 대해 한마디도 하지 않으셨다. 하지만 나는 엄마가 부엌에서 한숨 섞인 목소리로 낮게 투덜대던 것을 들었다.

"에구! 저걸 어떡해? 상 받으러 올라갈 것이 머리가 저래서……. 지 아빠, 호랭이 같은 성질 몰라 그래? 그냥 한마디 한 걸, 그냥 눈 한번 딱 감고 듣고 말지. 저것도 지 아부지 딸 아니랄까 봐 불같은 성질하고는…… 그냥 가만히 있지 왜 지 머릴 그 난리로 또 만들어와. 왜?"

속상해하는 엄마의 푸념 소리를 듣고 나니 내가 아버지에 대한 반항을 바보처럼 어리석은 방법으로 했다는 것을 깨달았다. 아버지에게 큰 상처를 안긴 게 틀림없었다. 그 일을 겪고 일주일 후, 나의 영광스런 졸업식이 있었다. 하지만 나는 한순간에 일어났던 서로의 화 때문에 최악의 몰골로 졸업식장에 나타났다. 그때의 영광스런 순간을 간직한 사진조차도 몇 장 없다. 나의 머리가 다시 자랄 때까지 우리 가족은 그 누구도 그때의 일을 꺼내는 사람이 없었다. 아버지조차도 말이다.

니체는 말했다.

"허물을 벗지 않은 뱀은 결국엔 죽고 마는 것처럼, 인생도 이와 같아서 낡은 사고의 허물 속에 언제까지고 갇혀 있으면, 성장은 고사하고 안쪽부터 썩기 시작해 끝내 죽고 만다."

나는 아버지의 성격과 많은 부분이 닮았음을 나이가 들수록 더 느낀다. 아버지는 내게 해 주지 못했던 이해와 사랑을 이제는 손녀인 내 딸 소정에게 쏟아 주신다. 인생이라는 게 돌고 돌아 내가 부모가 되어보니 이제야 볼 수 있는 아픔들이 있다. 자식이었을 때 볼 수 없었던 부모의 애환을 지금 내 자식에게 대신 아낌없이 표현해 주시는 부모님을 보면 가슴이 뭉클해진다.

니체의 말처럼 인생이란 눈에는 보이지만, 살아보지 않고는 그 속을 알 수 없는 '가짜의 삶'으로부터 내가 진심으로 깨닫고, 사랑하면서 만들어가는 '진짜의 삶'을 찾는 여정인 것 같다.

06

죽을 때까지 사랑하고, 사랑받고 싶다

만약 당신이 몇 살인지 알지 못한다면
당신의 나이는 몇 살인가?

– 사첼 페이지

오랜만에 극장을 찾았다. 영화 〈안녕, 헤이즐〉을 대형 스크린으로 보았다. 소정이가 보고 싶다고 한 영화라서 나는 별 기대 없이 영화를 관람했다. 그런데 영상과 대사들이 너무나 사랑스럽고 아름다운 러브스토리를 보여주고 있었다. 나는 두세 번 더 감상할 정도로 푹 빠졌다. 이 영화는 미국에서 꽤 유명한 청소년 문학가 '존 그린'의 원작소설 《잘못은 우리별에 있어》라는 작품을 영화화한 것이다. 영화 〈안녕, 헤이즐〉은 책을 잘 읽지 않는 요즘 청소년들에게 책을 읽고 싶게 만드는 탄탄한 스토리 구성을 갖고 있다. 뉴욕 타임스에서 베스트셀러 1위를 차지했던 원작 소설 《잘못은 우리별에 있어》의 인기만큼이나 영화 〈안녕, 헤이즐〉 역시 미국을 비롯해 영국, 독일, 호주 등 18개국에서 흥행을 일으켰다. 박스오피스 1위를 차지하며 전 세계 흥행 신드롬이 일었고, 국내에서는 2014년 8월 여름 개봉했다.

10대의 시선에서 '죽음'과 '불치병'을 바라보며, 포기할 수밖에 없음을 받아들인다. 많은 사람들에게 기억되지 않는다 해도 한 사람에게 깊은 사랑은 받았다면 그것으로 괜찮다고 말한다. 죽음과 불치병을 성숙하게 받아들이는 모습이 작품에 잘 표현되어 절절히 가슴을 울렸다.

영화 내내 '우정'과 '존중'의 모습을 보여주는 세 친구는 공통점이 있다. 바로 불치병을 갖고 있다는 점이다. 결핍된 항목을 가진 세 친구의 진솔한 우정을 보여주는 성숙한 영화다. 장애와 병으로 외형은 부족하지만 완벽한 우정의 공동체를 그려낸다. 작가는 불치병으로 병실을 오가는 이를 동정하거나 불쌍하게 그리지 않는다. 그저 신체 구조가 다를 뿐 사랑의 감정으로 가슴 뛰고, 오감이 작동하는 고귀한 인간이라고 말한다. 주인공의 맑고도 사랑스런 눈빛이 화면을 가득 메울 때 나는 그들의 사랑을 절절히 공감하고 있었다.

"왜 그렇게 빤히 봐?"
"예뻐서!"

남자주인공 어거스터스는 처음부터 끝까지 여자주인공 헤이즐에게 사랑하는 마음을 표현한다. 수십 번 손발이 오글거리는 대사로 고백을 할 때마다 여자 관객들의 탄성이 들려왔다.

"꺄!"

옆자리의 딸도, 앞자리의 여학생도 입을 막고 어깨를 들썩인다. 이들도 중년의 내 마음처럼 설레는 마음에 행복한 비명을 지르는 것이다. 저 오글거리는 고백을 받은 헤이즐이 민망함에 눈동자를 돌릴 때 우리는 그 마음을 다 아는 것처럼 함께 표정이 변하며 행복하다.

주옥같은 명대사들 속에서 20대도 아닌 40대 이 아줌마도 심장이 쫄깃쫄깃해졌다. 오랜만에 마음이 핑크빛으로 물들면서 영화 내내 온 마음을 다해 사랑하고, 사랑받는 아름다운 두 주인공과 함께 울고 웃었다.

헤이즐 그레이스! 네가 나에게 거리를 두려고 해도 너에 대한 내 사랑은 식지 않는다는 걸 네가 깨닫길 바란다. 너에게 푹 빠진 날 구해 주려는 너의 모든 노력은 실패할 거니까.

어거스터스가 헤이즐에게 고백하는 명대사다.

이런 절절한 사랑을 표현하는 남자도, 그 사랑을 받을 수 있는 여자도 두 사람 모두에게 축복이다. 자신이 사랑하는 사람과 그 사랑을 함께 마주 보고 만들 수 있다는 것이야말로 큰 축복이고, 가장 아름다운 사랑이 아니겠는가!

나는 항상 '사랑 지상론자'라고 스스로를 칭한다. 그리고 언제나 지고지순한 사랑을 기다린다. 나를 사랑하는 사람에게 당연히 받기만 하는 관계도 싫고, 내가 다 챙겨주기만 하는 그런 사랑도 싫다. 나와 그 사람이 눈빛만 봐도 아무런 사심 없이 사랑하고, 사랑받고 있음을 매 순간 느낄 수 있는 그런 지순한 사랑이 좋다.

"저는요, 내 남친이 가난한 거지라 해도 이젠 사랑할 거예요."

"에이, 그건 아니다. 설마."

"아니에요. 전 그럴 것 같아요. 지금은 남친이 저랑 만나기 전에 딴 사람들과 만났던 그 시간들까지도 질투가 날 때도 있어요."

"지금 남친이 거지가 될 확률이 제로니까 그 말도 하는 거지?"

지하철에서 노숙자만 봐도 기겁하고 도망가는 C가 결혼을 몇 달 앞두고 내게 청첩장을 들고 와서 너스레를 떨었다. C는 결혼 전까지 여러 번의 연애 경험이 있다. 그녀가 매번 남자들과 헤어졌던 이유는 궁상떠는 애인과는 행복하지 않아서였다. 여자로서 C가 찾은 결혼이란 행복을 축하하면서도 어딘지 얄미운 변명을 하는 그녀가 나는 달갑지 않았다. 마지막 소개팅에서 만난 지금의 남편감은 자신이 '폭탄'이라고 지정한 사람이라고 했다. C는 처음부터 못생긴 그의 관심을 무시했었기 때문이다. 그러나 예상치 못하게 그 '폭탄' 남성은 재력이 좋았다. 그해 겨울 스키시즌이 개장하자마자 C에게 휘닉스 파크 스키장을 가자고 제안했고, 내 기억으로는 그 스키여행 이후로 C는 그를 더 이상 '폭탄'이라 부르지 않았다. 시간이 지날수록 C는 그 남자 집안의 재력이 장난이 아님을 알게 되었고, 신데렐라가 되어 시집을 가게 된 것이다.

"옛 남친들 들으면 통곡하겠소. 그렇게 좋다니 나도 보기가 좋네."

"언니는 나 이런 거 샘나서 솔직히 싫지?"

"아주 예나 지금이나 난 너 그래서 못마땅해. 축하를 해주면 고맙게 받을 것이지. 너 지금도 마음의 여유는 없나 보다. 사랑을 받을 때 마음도 예뻐져라! 그래야 잘 산다."

"어휴, 농담이유, 농담! 아주 언니는 암튼 뭔 말을 못해."

"왜? 꿀물이 뚝뚝 떨어지더니 왜 갑자기 '사랑과 전쟁' 버전으로 갈아타고 그래?"

"내가 내 남친을 혼자 너무 좋아하는 게 아닌지. 괜히 겁이나."

"이제야말로 진짜 임자를 만나셨네. 사랑이야!"

"전에는 이런 기분 한 번도 없었는데, 자꾸 그 사람한테 사랑을 확인받고 싶고, 딴 생각 할까봐 겁나고. 막 그래요, 언니."

"그것도 적당히 해야 사랑스럽게 보여. 넘치면 집착이야. 이제는 사랑받는 걸 감사하고 믿어주는 말을 더 많이 해야지. 자꾸 사랑하냐고 물으면 안 돼."

"그런 거야? 이젠 안 물어봐야겠다."

"너 지금 진짜 예뻐 보인다."

"응, 시엄마가 피부 마사지 쿠폰 끊어주셔서 계속 다니잖아."

"시엄마가 뭐냐? 어머니라고 해야지. 예쁘게 봐줄수록 예의 바르게 굴어."

"알았슈! 잔소리는 정말."

"마사지 받아 예쁜 것 말고 니 얼굴이야 원래 예뻤지."

"맞아! 언니가 난 그래서 좋더라. 항상 나한테 예쁘다고 칭찬해 주잖아."

"이제야 니가 제대로 된 사랑을 만난 것 같아서 행복해 보인다. 그래서 더 예뻐졌어!"

사랑의 열병에 폭 빠진 C는 그 후로 한 시간 정도 더 수다를 떨다가 백마 탄 왕자의 자가용을 타고 손을 흔들며 떠났다.

녹색 괴물 〈슈렉〉에는 피오나 공주가 나온다. 슈렉이 피오나 공주에게 마법이 풀린 본래의 모습을 보고 너무나 아름답다고 말하며 키스하는 장면을 보면서 나는 혼자 펑펑 운 적이 있다. 너무 멋진 장면이 아닌가.

통쾌한 반전을 선사한 그 장면에서 나는 디즈니가 전하려는 사랑을 요즘 색다르게 느끼고 있다. 영화 〈말레피센트〉 속에서의 모성애, 〈겨울 왕국〉에서의 얼음 마법을 녹여버린 자매간의 사랑 등은 요즘 각박한 세상에 사랑의 본질이 결코 남녀 간의 에로틱

한 사랑의 전유물이 아님을 시사해 준다. 이렇듯 디즈니의 또 다른 사랑 해석에 나는 요즘 행복하다.

〈안녕, 헤이즐〉 영화 속 대사 중에서 죽음도 막을 수 없는 사랑으로 나를 한동안 따뜻하게 만들어 준 어거스터스의 고백을 써 본다. 나 또한 죽는 날까지 사랑받고 싶고, 그렇게 열렬히 사랑해 주고 싶다.

"난 너를 사랑해. 사랑은 단지 공허함 속으로 사라질 거라는 걸 알아. 그리고 잊어짐은 피할 수 없다는 것도 알고 있어. 우리가 시한부 인생이라는 것도 알아. 우리의 노력이 먼지 속으로 사라질 날도 오겠지. 단 하나밖에 없는 지구는 뜨거운 태양에 녹아 버리겠지. 그리고 난 너에게 푹 빠져 버렸어. 사랑해."

07

나이 든다는 건
꽤 괜찮은 일이다

당신의 나이를 잊어라.
바로 이것이 나이 듦에 관해 더 중요한 것이다.
– 《하우 투 리타이어 해피, 와일드, 앤드 프리》

고3 겨울. 함박눈이 펑펑 쏟아지는 날이었다. 육교 위에서 깜깜한 철길을 내려다보며 20살이 되기 싫다고 울었던 적이 있었다. 어른이 되는 것이 너무 징그럽고 어색해서 치기 어린 투정을 부렸던 것이다.

지금 생각하면 '염세적인 생각을 하고 20대를 꿈꿨구나' 한다. 그러니 손에 쥐어지는 현실들만을 보았을 게 뻔하다. 나는 화려하진 않지만, 들꽃처럼 고즈넉하게 내 인생에 빛을 내며 천천히 살고 있다. 여대생이 되어 찾아오는 제자들의 풋풋한 아름다움을 바라보면 참 예쁘다고 감탄할 때가 많다. 젖살이 통통하게 남아있어도 한껏 멋을 낸 뽀얀 화장으로 나를 찾아올 때면 활짝 핀 꽃한 송이가 내게로 오는 것 같다.

남자 제자들은 어떤가. 여드름이 가신 얼굴에 키가 쑥 자라고 어깨가 떡 벌어져 상 남자가 된 모습으로 "선생님!"하고 귀엽게 찾아온다. 그때마다 나는 이제 아이가 아닌 어른 대접을 해 준다. 불과 몇 개월 전만 해도 교복을 입고 있었는데, 어느덧 졸업을 하여 대학생이 되어 중간고사를 끝냈다며 찾아오는 아이들을 보면 나는 너무 좋아 입을 다물 수가 없을 지경이다.

나에게 특별한 애정을 보여주시는 학부모님이 계신다. 벌써 십년지기가 된 신윤기, 김영화 학부모님이다. 부부는 매년 스승의 날과 명절이면 안부를 묻고 건강을 걱정해 주신다. 두 분의 아들인 용민이로 인해 만난 인연이지만 내가 제자 '용민'을 위해 헌신적이었다면, 그 사랑을 무한한 애정으로 표현해 주신 보기 드문 학부모님이다.

중학교 1학년이던 제자가 자라서 명문대생이 되었고, 늠름한 군인이 되어 국방의무를 다 마치고 12월 제대를 앞두고 있다. 질풍노도의 10대를 고민하고, 방황하고, 지칠 때마다 부모와 스승으로 단합하여 삼위일체의 에너지를 발산했었다. 그때의 모습은 죽는 날까지 나에게 교육자로서 갖는 뿌듯한 제자 사랑이 될 것이다.

'아낌없이 주는 지식나무'

학원의 타이틀 표어다. 셸 실버스타인의 저서 《아낌없이 주는 나무》가 너무 좋아서 내 마음을 담아 로고 디자인에 넣어 만들었다.

"옛날에 나무 한 그루가 있었습니다. 소년은 나무를 무척이나 사랑했습니다. 나무도 그런 소년을 무척 사랑했습니다. 나무는 소년의 행복을 위해 자신의 모든 것을 아낌없이 내주었고, 소년이 자라서 청년이 되고, 노인이 될 때까지 나무는 여전히 그곳에서 아낌없이 자신의 모든 것을 내주었습니다."

장면마다 소년을 사랑하는 나무의 마음에 감동하여, 내게도 그런 나무 같은 존재가 생기기를 간절히 기도했었다. 가난한 목사의 집안에서 다섯 명의 형제와 살다 보니 내 것을 욕심낼 수 없는 게 당연한 삶이었다. 그럴 때마다 책은 나에게 상상의 날개를 달아 내 소망을 이뤄줄 마법을 일으킬 것 같았다.

학창 시절부터 겉으로 드러낼 순 없어도 마음속에 간직했던 이야기들이 있었다. '나다니엘 호손'의 《큰 바위 얼굴》과 '진 웹스터'의 《키다리 아저씨》처럼 주인공의 능력을 알아봐주고 지원해서 발굴해 주는 든든한 지원군이 갖고 싶었다.

20대 때 역시 그 소망은 여전했다. 대학을 졸업하고 조교시절, 어린 동생들이 나를 만나러 올 때면 그 당시 조교 월급을 쪼개서 동생들이 입고 싶다는 브렌따노 셔츠나, 죠다쉬 청바지를 사 주었다.

인기리에 방영되었던 tvN의 〈응답하라 1988〉의 시대가 딱 내가 살던 배경으로 만들어졌다. 추억으로 만들어진 드라마라서 1998년에 태어난 딸에게는 거의 고증 자료를 설명하는 박물관 원장님처럼 TV 드라마를 시청하며 웃곤 한다.

세월이 지날수록 내가 누구의 눈치를 보지 않아도 스스로 할 수 있는 일이 많아진다. 그래서 나는 이 나이 먹음이 좋다. 나의 나약함이 인생의 고비를 넘으며 조금씩 힘이 생기고, 나를 응원하는 하나님과 가족들과 사랑하는 딸이 있어 더 든든하다. 이런 내 인생이 조금씩 무르익어 감이 좋다.

힘들었던 시절은 돌아보면 모두 추억이 되고, 기뻤던 순간들은 행복이 되어 나와 다시 만난다. 내 인생을 천천히 돌아보며 집필한 이 책은 내 인생에게 보내는 가장 진솔한 칭찬이 될 것이다. 이렇게 피나는 노력은 즐거운 여정이 되어 나를 행복하게 한다.

김동길 교수의 저서 《나이듦이 고맙다》의 묵상하는 성경 구절처럼 나에게도 조금씩 여유롭고 삶의 중심에 서 있는 지금을 살아온 관록이 쌓이고 있다. 나는 아름답게 준비하며 살아가고 있는 이 중년의 시간들이 꽤 마음에 든다.

지금까지 삶이 나에게 요구한 고통과 시련의 시간들을 묵묵히 성실하게 수행하며 살아왔더니 인생이라는 행복한 곳간에 사랑하는 사람들의 웃음과 행복이 차고 넘친다. 나이의 숫자가 곳간의 평수라면 나는 더 많은 웃음과 사랑하는 이들의 행복을 채우기 위해 한 살 더 나이 들어감을 즐겁게 맞이할 것이다. 나이가 든다는 건 꽤 멋진 일이다.

나도 가끔은 위로받고 싶다

초판 1쇄 인쇄 2016년 2월 18일
초판 1쇄 발행 2016년 2월 25일

지 은 이 **김신미**
펴 낸 이 **권동희**
펴 낸 곳 **시너지북**
기   획 **김태광**
책임편집 **신지은**
디 자 인 **윤대한 이선영**
교정교열 **이양이**
마 케 팅 **김보람 신태용 이석풍**

출판등록 **제312-2012-000040호**
주   소 **경기도 성남시 분당구 수내동 16-5 오너스타워 407호**
전   화 **070-4024-7286**
이 메 일 **synergybook@naver.com**
홈페이지 **www.wbooks.co.kr**

ⓒ시너지북(저자와 맺은 특약에 따라 검인을 생략합니다)
ISBN 979-11-85421-72-8 (03800)

이 도서의 국립중앙도서관 출판도서목록(CIP)은 서지정보유통지원시스템
홈페이지(http://seoji.nl.go.kr)와 국가자료공동목록시스템(http://www.nl.go.
kr/kolisnet)에서 이용하실 수 있습니다.(CIP제어번호: CIP2016003359)

시너지북은 독자 여러분의 책에 관한 아이디어와 원고 투고를 설레는
마음으로 기다리고 있습니다. 책으로 엮기를 원하는 아이디어가 있으신 분은
이메일 synergybook@naver.com으로 간단한 개요와 취지, 연락처
등을 보내주세요. 망설이지 말고 문을 두드리세요. 꿈이 이루어집니다.

시너지북은 위닝북스의 브랜드입니다.

※ 책값은 뒤표지에 있습니다.
※ 잘못 만들어진 책은 구입하신 서점에서 교환해 드립니다.